AU PROFIT DE L'ORPHELINAT DE SENS.

RECUEIL

PAR CHARLES DUNAND,

instituteur, ex-sous-officier.

—

PRIX : 1 FR. 25 C.

AUXERRE.

IMPRIMERIE, LIBRAIRIE ET LITHOGRAPHIE CH. GALLOT.

—

1854.

L'ŒUVRE DE L'ORPHELINAT DE SENS.

> Dans nos jours passagers de peines, de misères,
> Enfants d'un même Dieu, vivons du moins en frères,
> Aidons-nous l'un et l'autre à porter nos fardeaux,
> Nous marchons tous courbés sous le poids de nos maux.
> Nul de nous n'a vécu sans connaître les larmes.
> . . . .
>
> (Volt.)

L'Orphelinat départemental de l'Yonne, établi à Sens, est une de ces sages institutions que la charité chrétienne pouvait seule inspirer aux deux hommes de bien qui en ont conçu l'heureuse pensée.

Le cœur tressaille et se remplit de douces émotions à l'aspect attendrissant de ces pauvres petits orphelins privés de l'appui d'un père et d'une mère, de ce troupeau docile marchant deux à deux et en bon ordre sous la conduite toute maternelle de leurs bonnes et douces gouvernantes.

Ces enfants, quoique jeunes encore, comprennent déjà tout ce qu'il y a de consolant pour eux en se voyant entourés de soins éminemment paternels. Soumis, obéissants, respectueux envers l'autorité qui les dirige, ils se plient sans peine sous l'influence bienveillante d'une discipline tempérée. Ils grandiront avec cet esprit de vertu et de

AU PROFIT DE L'ORPHELINAT DE SENS.

RECUEIL

DE POÉSIES

PAR CHARLES DUNAND,

instituteur, ex-sous-officier.

PRIX : 1 FR. 25 C.

AUXERRE.

IMPRIMERIE, LIBRAIRIE ET LITHOGRAPHIE CH. GALLOT.

1854.

sagesse qui fera naître dans leurs jeunes cœurs tous les sentiments religieux qui, seuls, peuvent faire de braves et d'honnêtes citoyens.

Ainsi, l'OEuvre de l'Orphelinat de Sens, cette œuvre qui répond aux vœux de Saint-Vincent-de-Paul, est appelée à rendre d'éminents services à la société ; elle va se propager sous les auspices des hommes de cœur et de dévouement.

Aidons-la donc dans son développement, apportons à ce nouvel édifice du bien social chacun notre part dé générosité ; pressons-nous autour de l'escarcelle de l'infortune, et disons en y déposant notre obole :

Qui sait si dans un an, ou même dans un jour,
Nos neveux, nos enfants, objets de notre amour,
Subissant du destin l'arrêt le plus sévère,
Ne seront pas comme eux et sans père et sans mère.

Sans doute, nos enfants peuvent devenir orphelins d'un moment à l'autre. Eh bien ! ne serions-nous pas heureux de voir, du fond de notre tombe, une main charitable puiser dans sa bourse en leur faveur ? Oui, très-heureux ! Nous allons donc faire pour ces pauvres petits enfants ce que des cœurs généreux feront peut-être demain pour les nôtres.

Quant à nous, ancien sous-officier devenu instituteur, nous qui regrettons bien sincèrement de n'être pas en position de nous signaler par un acte de munificence, nous allons publier au profit de l'Orphelinat un recueil de nos poésies, non avec l'intention de donner à nos lecteurs un ouvrage d'un mérite littéraire, car nous connaissons notre ignorance et notre incapacité ; nous savons que notre voix monotone n'a point assez de charme pour peupler les déserts, animer les êtres insensibles, élever l'âme de l'indifférent dans le séjour enchanteur d'un monde idéal. Notre but est de stimuler la charité au profit de l'Orphelinat de Sens, et ce but en vaut bien un autre !...

Notre recueil formera un joli volume au prix de 1 fr. 25 cent.

Nous avons donc la douce espérance que les personnes charitables qui ont à cœur de venir en aide à un nouvel établissement qui intéresse à un si haut degré le département tout entier, se feront un vrai plaisir de souscrire à notre œuvre, nous les en remercions d'avance pour ces pauvres petits enfants.

Nous dansons quelquefois au bénéfice du pauvre, nous donnons des concerts à son profit : eh bien ! nous lirons au profit de l'Orphelinat de Sens !

———

Au moment de déposer notre manuscrit entre les mains de l'imprimeur, nous recevons d'un de nos anciens collègues de régiment la lettre suivante:

Mon cher Dunand,

Un de nos amis, M. de Mirville, qui a servi avec nous et qui vient de te voir à Sens, m'a appris que tu publiais un recueil de tes poésies au profit de l'Orphelinat départemental de l'Yonne, établi dans cette ville ; je t'en félicite bien sincèrement.

Je reconnais bien là ton excellent cœur!... Toujours le même, toujours généreux, toujours dévoué, toujours ami de l'humanité et du désintéressement. Quel malheur que tu ne sois pas riche ! ! !...

Oui, tu es bien encore ce même Dunand du 16e de ligne, ce camarade, ce frère d'armes avec qui j'ai mangé à la gamelle pendant treize ans. Je te souhaite tous le succès que tu mérites.

Eh bien ! que te dirai-je ? que la vie de l'homme présente des phases bien bizarres, bien étranges et parfois bien tristes en comparaison des rêves de bonheur qui passent par la tête de la jeunesse.

Eussions-nous jamais pensé, lorsque nous étions en Espagne, en Morée ; lorsque, jeunes encore, nous foulions les cendres des deux Sénèque, de Platon et d'Euripide, qu'un jour viendrait où le sous-officier, ce soldat qui aimait tant à lire l'histoire du grand Napoléon, deviendrait, quinze années plus tard, un brave et digne instituteur ? Non, non, car alors nous ne rêvions que gloire et patrie !...

La patrie !... mais nous la servons encore, toi comme instituteur, moi comme l'humble travailleur des champs, car il faut te le dire, mon cher Dunand, j'ai, à l'exemple des anciens capitaines romains, repris la charrue après les batailles.

Allons, sois heureux, mon vieux camarade, ce que tu fais pour ces pauvres petits enfants trouvés est, de ta part, une action d'autant plus belle, que toi-même es pauvre et sans ressources ; tu n'en as que plus de mérite.

Tout à toi d'amitié.

SÉMON.

La Michaudière, 28 novembre 1833.

LES ORPHELINS PENDANT LEUR RÉCRÉATION.

CHARLES.

Ciel! quel heureux moment! sachons en faire usage:
Approchez, mes amis, approchez-vous ici.
Et vous, notre maîtresse, approchez-vous aussi;
Venez sous ce tilleul respirer à l'ombrage
L'agréable parfum qu'exhale son feuillage.
Plaçons-nous sur ce banc... Très-bien!... croisons les bras:
C'est moi qui vais parler, ne m'interrompez pas.

Nous sommes orphelins dès notre tendre enfance,
Et pas un seul de nous n'a connu sa naissance.
Nous étions délaissés et nés pour le malheur.
Mais un jour, chers amis, notre Dieu protecteur,
Plein de bonté pour nous, et nous voyant sans père,
Sans parents, sans appui, voués à la misère,
Nous dit: — « Pauvres enfants! je vais du haut des cieux
« Vous donner aujourd'hui deux pères généreux,
« Deux guides bienfaisants qui sauront vous conduire,
« Vous prodiguer leurs soins et même vous instruire. »
Silence, Alfred, tais-toi!... Tu ne m'as pas compris.
Mon discours enfantin ne t'a donc rien appris?
Connais-tu seulement nos deux excellents pères?
Sais-tu bien s'ils sont doux ou bien s'ils sont sévères?
Parle, parle,

ALFRED.

Comment!... Te moques-tu de moi?
Va, va, je les connais tout aussi bien que toi!

Ne les voyóns-nous pas chaque jour, à toute heure,
Venir nous visiter dans notre humble demeure,
Et nous apprendre à tous, dans leurs courts entretiens,
Tout ce qu'il faut savoir pour être bons chrétiens.
Si je les connais ! ! !... Oui, je connais leur sagesse :
Je sais que pour nous tous ils sont pleins de tendresse,
Et que de l'orphelin ils sont les vrais amis.
Sachons leur obéir et soyons-leur soumis.

ÉDOUARD.

Hier, notre directeur, au sein de sa famille,
Nous disait tout joyeux : — « Je n'ai pas une fille !
« Je n'ai que des garçons, cinquante-deux au moins,
« Que je vois chaque jour élever par mes soins. »
Vit-on jamais un père aussi digne d'envie,
Elever tant d'enfants et leur donner la vie,
Avoir pour chacun d'eux un amour aussi beau,
Et se montrer jaloux de son petit troupeau !
Ah ! quand il vient nous voir dans ce modeste asile,
Que son sourire est doux, que son air est tranquille !
Tendrement il nous flatte, et son front radieux
Semble nous dire à tous : « Vous serez vertueux. »

CHARLES.

Vertueux !... quel grand mot ! grâce à la Providence,
Nos pères adoptifs, soutiens de notre enfance,
Guidés par leur sagesse et leur beau dévoûment,
Ont su nous inspirer ce noble sentiment.
Mais rappelons-nous bien, orphelins que nous sommes,
Que leur sainte maxime est nécessaire aux hommes,
Qu'elle ennoblit le cœur et donne les moyens
De devenir un jour d'excellents citoyens.
Silence, Frédéric ! sois un peu moins volage ;
Ecoute-moi parler comme on écoute un sage.
Silence aussi, Léon, et toi, grand Marius,
D'où vient qu'en ce moment vous ne m'écoutez plus ?
Je n'ai plus, croyez-moi, que deux mots à vous dire.

MARIUS.

Comment ! tu ne vois pas que Léon nous fait rire ?

LÉON.

Voyez ce papillon !... Que son vol est léger !
Sur ce tilleul en fleur, je le vois voltiger.
Ah ! que son aile est belle, et comme elle est dorée !
Tantôt elle est de rose, et tantôt azurée !...
Bien !... bien !.. il vient à nous : tâchons de l'attraper.
Mais que dis-je ? il s'éloigne, il va nous échapper !...
Quel malheur !...

CHARLES.

   Vous osez, pour un chétif insecte,
 M'interrompre au milieu d'un discours si modeste...
Ah ! si nos directeurs, d'un air tranquille et doux,
Voyaient ce papillon voltiger près de nous,
Ils nous diraient : — « Enfants, le Dieu qui vous regarde
« Vous invite à laisser parler un camarade ;
« Ecoutez son discours et soyez attentifs.
« Tous ses beaux arguments sont pour vous instructifs. »

ERNEST.

Adieu, mon bel oiseau ! sois heureux en voyage.
Va-t'en porter plus loin ton élégant plumage.
Le vois-tu bien, Léon, disparaître dans l'air,
Au gré d'un doux zéphir et plus prompt qu'un éclair ?
Ah ! tu ne pensais pas qu'une aile aussi légère
Ne pouvait t'apporter qu'un bonheur éphémère.
C'est ainsi que toujours, chez les mortels humains,
La fortune inconstante échappe de nos mains.
Mais, puisque loin de nous dans l'espace il s'élance,
Croyez-moi, chers amis, revenons au silence.
Charles, tu peux parler en toute liberté.

CHARLES.

Je reprends mon discours où je l'avais quitté :
Vous savez que bientôt nous aurons pour patrie
Ce beau pays conquis qu'on appelle Algérie.

C'est là qu'au jour marqué par le Dieu du destin,
Nous irons noùs fixer sur le sol africain.
Alors, pour obéir au don de la nature,
L'un apprendra les arts et l'autre la culture :
J'y vois déjà Léon couvreur ou charpentier,
Et l'ami Marius, maçon ou ferblantier ;
J'y vois ce pauvre Edouard gaiment taillant la pierre,
Victor, Ernest, Auguste y cultiver la terre.
Enfin chacun de nous pourra servir l'Etat,
L'un comme citoyen, l'autre comme soldat.
Moi, j'aimerais assez, sur la terre africaine,
Être un jour possesseur d'un vaste et beau domaine,
Non pas par vanité, mais pour le malheureux
Qui ne verrait en moi qu'un seigneur généreux.

On sonne ; il faut rentrer... Allons vite à l'ouvrage ,
Et que chacun de nous soit soumis et bien sage.
Surtout que les bienfaits de nos deux directeurs
Soient toujours et partout imprimés dans nos cœurs!

———————

Ami sincère et dévoué de l'enfance , nous avons éprouvé
tout d'abord le besoin d'assister comme spectateur à la
récréation de ces pauvres petits orphelins, de ces enfants
dociles et reconnaissants qui auront toujours toutes nos
sympathies.

Leur langage simple et naïf a pour nous autant de charme
que les grands arguments et les métaphores ronflantes d'un
discours pompeux. Aussi, n'avons-nous pas hésité à com-
mencer notre recueil par ce dialogue.

———————

LA STATUE DU MARÉCHAL NEY.

BRAVE NEY.

Au seul bruit de ton nom la France se découvre.
La France va revoir dans le bronze animé
L'image d'un héros qu'elle a toujours aimé ;
D'un héros immortel, et dont l'illustre vie
Fut un modèle à suivre et chère à la patrie.
Oui, Ney, la France entière, admirant ta valeur,
Veut qu'un beau monument s'élève à ton honneur.
Sois fier, sors de ta tombe, ô guerrier magnanime !
Viens revivre au milieu d'un peuple qui t'estime,
Et qui, de tes hauts faits gardant le souvenir,
N'attend que l'heureux jour de pouvoir te bénir !

Hâtez-vous, cher David, hâtez-vous de le rendre
A ses vieux compagnons qui pleurent sur sa cendre ;
Mais rendez-nous-le tel qu'autrefois, sans repos,
On le vit triompher et combattre en héros,
Et que sur son coursier, en le voyant renaître,
La France, d'un coup-d'œil, puisse encor le connaître,
Revoir ce front d'airain, ce port majestueux,
Et cette noble ardeur qui brillait dans ses yeux !
Oui, rendez-nous-le tel que ses compagnons d'armes
Soient, en le revoyant, attendris jusqu'aux larmes,
Et que, dans leurs vieux cœurs, rappelant ses exploits,
Ils puissent s'écrier d'une commune voix :
« Ah ! de la Moskowa nous revoyons encore
« Le vainqueur dont la France à bon titre s'honore !
« C'est bien ce même brave et ce vieux général
« Qui, de simple soldat fut un jour maréchal.
« Des ombres de sa tombe il revient plein de gloire,
« Sa grande épée en main, comme aux jours de victoire. »

Français ! ô vous qu'honore un si glorieux nom !
Venez revoir l'ami du grand Napoléon !
Venez, accourez tous, et, dans votre délire,
Rendez un digne hommage au brave de l'empire.
Venez avec vos fils et vos petits-neveux,
Et dites-leur que Ney fut noble et valeureux,
Que nul autre guerrier ni commandant d'armée
N'étendit plus au loin sa vaste renommée !

INAUGURATION DE LA STATUE A PARIS,

7 Décembre 1853.

Rappelé par nos vœux du sein de la poussière,
Ney renaît de sa cendre et revoit la lumière ;
Revient à sa famille en ce jour solennel,
Et se montre à la France en héros immortel.

Paris, tous les Français se pressent en silence
Autour du vieux guerrier encor cher à la France :
On voit le vétéran, l'armée et le Sénat,
Nos grands législateurs, nos ministres d'État,
Des vieillards, des enfants, tout un peuple en délire
Est là pour rendre hommage au brave de l'empire.
Mais le clergé s'approche en cet heureux moment,
Et bénit du héros l'orgueilleux monument.

Soudain le canon tonne, et le voile qui tombe
Montre à tout l'univers que Ney sort de sa tombe !
Un cri part de la foule, et ce cri glorieux
De : vive l'Empereur ! retentit dans les cieux.
Le peuple bat des mains et pleure de tendresse ;
Le vétéran ému s'écrie avec noblesse :
« C'est notre maréchal, c'est ce vaillant soldat
« Que je vis tant de fois invincible au combat !

« Je reconnais ce front resplendissant de gloire,
« Cet œil encor brillant des feux de la victoire,
« Ce bras victorieux de la Bérésina,
« Et cette épée en main comme à la Moskowa !
« Oui, c'est Ney, ce héros à la valeur guerrière,
« Tel que dans cent combats, levant sa tête altière,
« Notre empereur le vit avec cet œil serein
« Affronter la mitraille, et le fer et l'airain. »

Edgard ! duc d'Elchingen ! ô vous que je révère !
Vous tous, généreux fils d'un digne et noble père,
Ecrite en lettres d'or, cette solennité
Passe avec votre nom à la postérité !
Le peuple qui vous voit en ce grand jour de fête,
Ce peuple, comme vous, est fier de sa conquête.
A l'aspect du héros sorti de son cercueil,
La France voit grandir sa gloire et son orgueil ;
Et foulant à ses pieds un acte d'injustice,
Venge la mort d'un brave au lieu de son supplice !...
C'est vous, sire, c'est vous qui, par votre grand cœur,
Rendez à la patrie un illustre vainqueur.
                    Nous vous disons merci ! ! !...

(Napoléon-le-Grand se réveille au bruit du canon et des
    exclamations du peuple).

        Quels sont ces cris de gloire et de patrie,
        Et d'empereur, et ce bruit du canon ?...
        L'impératrice a donc donné la vie
        Et mis au jour un fils Napoléon !
        Non. Je le vois, cette réjouissance
        Qu'au Luxembourg Paris fait éclater,
        Annonce au monde, à l'Europe, à la France,
        Que Michel Ney vient de ressusciter !

        Je te salue, ô compagnon de gloire !
        Dans mon vieux cœur tu vivras à jamais.

Le monde entier honore ta mémoire :
Sois encore fier au milieu des Français.
Autour de toi je vois un peuple immense,
Et ce grand cri que j'entends éclater,
Annonce au monde, à l'Europe, à la France,
Que Michel Ney vient de ressusciter !

Sur le terrain de la noble victime,
Tu m'apparais comme un Léonidas.
Fier de ta gloire, un peuple magnanime
Vient aujourd'hui te presser dans ses bras.
Il se souvient encor de ta vaillance,
Et ce grand cri que j'entends éclater
Annonce au monde, à l'Europe, à la France,
Que Michel Ney vient de ressusciter !

Rien ne pouvait flétrir ta renommée :
Elle est écrite au fond de tous les cœurs.
Le vétéran, débris de mon armée,
Te vit partout le vainqueur des vainqueurs.
Et maintenant, ô sainte Providence !
Ce noble cri que j'entends éclater
Annonce au monde, à l'Europe, à la France,
Que Michel Ney vient de ressusciter !

TRANSLATION DES RELIQUES DE SAINTE COLOMBE

VIERGE ET MARTYRE.

L'astre brillant des cieux, de son char de victoire,
Fait luire ses rayons sur ce jour plein de gloire,
Se montre généreux comme un roi bienfaiteur,
Qui fait de ses sujets la gloire et le bonheur.

Dix heures !... quel moment !... Le Père Lacordaire,
D'un air grave et profond se montre dans la chaire.
Il parle !... Son exorde, en pénétrant le cœur,
Nous montre dans ce frère un illustre orateur.
Son heureuse éloquence en sa forme oratoire
Saisit, transporte, ébranle un nombreux auditoire.
De respect et d'amour ce grand homme entouré,
Nous parle du Seigneur comme un ange inspiré.

Enfin, l'heure est venue, et de la métropole
Où sont agenouillés cent prêtres en étole,
Les portes sur le fer gravement ont roulé,
Et le bourdon d'airain, avec force ébranlé,
Annonce dans les airs à vingt peuples fidèles
Que la procession va sortir des plus belles :
La voici triomphante et la palme à la main.
De la chaire saint Pierre, ô pontife romain !
Contemple avec le Christ cette cérémonie
Où tous les cœurs émus sont en bonne harmonie !
Vois !... Elle est ravissante ! — A son auguste aspect
Tout le peuple chrétien s'incline avec respect.

Le tambour bat au champ ; et, sortant en silence,
Sa marche triomphale en cet instant commence.
Profond recueillement ! ! !... Le son majestueux
Du vieil airain sacré remonte vers les cieux.
Jamais cérémonie à la foule empressée
Ne se montra plus digne et mieux organisée !
Ses rangs, d'un air pieux et plein de dignité,
Traversent en priant notre noble cité,
Et font sur leur passage entendre le cantique
Qu'ils adressent au ciel en beaux chœurs de musique.

Voyez la troupe armée et nos grands magistrats !
En un brillant cortége ils suivent nos prélats.
Voyez flotter au vent étendards et bannières,
Ces anges couronnés de roses printannières,

La châsse de la vierge, objet si précieux,
Que le peuple attentif contemple de ses yeux.
Voyez!... mais, ô prodige! ô merveille étonnante!
Ici la main de l'homme, une main triomphante,
Qu'un sentiment pieux, sentiment d'un grand cœur,
Inspire en ce beau jour, en ce jour de bonheur,
Erige à notre sainte un superbe édifice;
C'est un arc élégant, véritable délice.
Plus loin, il faut passer sous des arceaux romains,
Chefs-d'œuvre merveilleux que de pieuses mains
Ont construits avec art. Quelle heureuse élégance!
Sur un beau fond d'azur, avec magnificence,
L'or étincelle, brille, et, sous des clochetons,
On voit saint Loup, Eloi, couronnés de festons.

Colombe! vierge sainte, assise à l'Empyrée,
Martyre d'Aurélien en nos cœurs révérée,
Tu règnes parmi nous! Ton triomphe est parfait,
Cette cérémonie est pour nous un bienfait,
Un acte glorieux bien digne de ta gloire,
Et dont notre cité conserve la mémoire.

Et vous, notre prélat, que tout chrétien chérit,
Vous qui nous bénissiez au nom de Jésus-Christ,
Et qui, sur une estrade, en pompe solennelle,
Vîtes à vos genoux tout un peuple fidèle,
Vous fûtes ce pasteur, secouant son rameau,
D'une onde salutaire arrose son troupeau.
Tranquille au haut des cieux, Colombe au frais visage,
Avec l'Être éternel vous en rendait hommage
Et vous criait : « Merci!!!... » — Cette solennité,
Seigneur, sera transmise à la postérité.

30 août 1855.

MA VISITE AU CIMETIÈRE

LE JOUR DE LA TOUSSAINT.

La cloche dans les airs, sur nos toits attristés,
Fait entendre ses sons mornes et répétés,
Avertit les mortels qu'il faut au cimetière
Aller prier pour ceux qui sont dans la poussière.
J'entre dans cet enclos où dorment nos aïeux ;
Mais, hélas ! quel tableau se déroule à mes yeux !
Sur cent tombeaux glacés, témoins de tant de larmes,
Je vois s'agenouiller nos frères en alarmes,
Qui, tous, dans leur douleur, leurs regrets, leur chagrin,
Implorent pour les morts un bienheureux destin.
Je m'avance à pas lents dans ce lieu solitaire,
En suppliant le ciel d'exaucer ma prière.
Je vois un jeune enfant, tout triste et consterné,
Sur le sein de son père humblement prosterné.
Il prie en sanglotant, il prie avec sa mère
Et redemande au ciel l'image de son père.
Je vois la veuve en deuil, en proie à ses douleurs,
Sur son époux chéri verser aussi des pleurs :
« Cher Arthur ! lui dit-elle, en pleurant sur ta cendre,
« Je crois encor te voir, je crois encor t'entendre !
« Tout me rappelle ici, sur ce fatal tombeau,
« Ton amour qui, pour moi, fut si pur et si beau.
« Oui, tu m'aimais, Arthur ! tu m'aimerais encore
« Si le ciel t'eût laissé pour celle qui t'adore. »
Je vois à ses côtés, sur l'agreste terrain,
Une sœur à genoux au pied d'un vert sapin.
Les larmes de ses yeux tombent sur cette terre
Qui couvre pour jamais son jeune et tendre frère.

1

O vous, qui ne rêvez que fortune ici-bas !
C'est ici que bientôt, après votre trépas,
Malgré vos vains trésors, un fossoyeur habile
Creusera dans le sol votre dernier asile !
      Réfléchissez-y bien !.....

LA MORT DES SOLDATS DU 11e LÉGER

DANS LA MAYENNE, A ANGERS.

La France est consternée !... Un terrible malheur
A porté l'épouvante et l'effroi dans son cœur !
Deux cents de ses soldats, pleins d'un noble courage,
Sont morts dans la Mayenne à la fleur de leur âge.
Angers a sous ses yeux ce tableau déchirant,
Vingt fois plus triste à voir qu'un combat tout sanglant !
Hélas ! un bataillon qu'un dévoûment anime
Est d'un pont suspendu devenu la victime :
Il marchait en colonne au pas accéléré
Sur le plancher trompeur d'un pont mal assuré.
Soudain, le pont fléchit, il s'ébranle, il s'affaisse ;
Le soldat tout ému pousse un cri de détresse,
Et bientôt, dans les flots d'un grand fleuve écumeux,
L'Angevin voit tomber nos soldats malheureux !
O ciel ! vit-on jamais accident plus terrible,
Péril plus imminent et la mort plus horrible ?
Que de gémissements ! que de braves soldats
Périssent dans les flots en nous tendant les bras !
Quel affreux cataclysme !... Abandonner la vie,
Se voir asphyxier par la vague en furie,
Mourir au sein des eaux, loin du toit paternel,
Hélas ! c'est un destin bien terrible et cruel

Mais déjà l'Angevin s'élance du rivage
Pour sauver nos soldats du terrible naufrage,
Et, bravant la rigueur d'un vent impétueux,
Luttant contre la vague et les flots écumeux,
N'écoutant que son cœur aux élans magnanimes,
Il arrache au péril de bien tristes victimes.
Mais, hélas ! son courage et ses nobles efforts
N'ont encor pu sauver que blessés ou des morts !
Celui-ci dans le choc de l'affreux pêle-mêle,
S'est fait une blessure ou profonde ou mortelle ;
L'arme de celui-là lui déchire le flanc,
Et, dans les eaux du fleuve, il voit couler son sang !!

Ah ! dans ce jour de deuil et de condoléance
Si funeste à l'armée et si cher à la France ;
Dans ce jour de malheurs et de calamités,
Où les cœurs les plus durs se sont épouvantés,
Que de traits généreux ! Que de grands sacrifices
Ont été prodigués par des mains protectrices !
Des femmes tout en pleurs, précipitant leurs pas,
Accouraient en tremblant secourir nos soldats.
L'une apportait son lit, l'autre ses couvertures,
La sœur du linge blanc pour panser les blessures.
Quel tableau déchirant !... Ici sont des blessés,
Plus loin ce sont des morts par centaine entassés,
Qui, le cœur encor chaud, mais sans souffle et sans vie,
Emportent avec eux l'amour de la patrie.
Hélas ! sur ce rivage est le champ des martyrs ;
On n'entend dans les airs que sanglots et soupirs.
Soldats ! sur vos cercueils nous verserons des larmes !
Votre Dieu vous appelle ; il veut bénir vos ames.
Montez, montez au ciel, emportez notre amour,
Le bonheur vous attend au céleste séjour !!!

Et toi, noble Angevin, dont le patriotisme
Ne s'est point démenti dans ce grand cataclysme ;

Toi que la France a vu, par un beau dévoûment,
Arracher ses soldats au péril imminent,
Reçois de la patrie un légitime hommage
Pour prix de ton grand cœur et de ton grand courage.

LES FAMILLES DES VICTIMES.

La mort qui nous ravit nos bien-aimés enfants
Nous ravit avec eux l'espoir de nos vieux ans.
Ah ! notre perte est grande, elle est irréparable
Autant que la douleur en est ineffaçable !
Angers !... ton souvenir, à nos cœurs douloureux,
Sera longtemps encor trop pénible à nos yeux.
Nous n'oublierons jamais, non, non, notre mémoire
N'oubliera pas le jour de cette horrible histoire !
Et toi, pont suspendu, toi, redoutable écueil,
Auteur de nos chagrins, auteur de notre deuil,
Oui, toi dont les débris, mêlés avec nos armes,
Attestent nos malheurs, nos peines et nos larmes,
Tu peux te relever de ce fleuve en courroux,
Mais, hélas ! nos enfants restent perdus pour nous.

Avril 1850.

ÉPITRE A MES AMIS SUR LE JOUR DE L'AN.

———

Permettez, mes amis, qu'en ce beau jour d'étrennes
Je n'aille point chez vous solliciter les miennes ;
Vous pouvez m'épargner l'inutile embarras
D'aller dans vos salons où vous ne serez pas.
Que m'importe, après tout, que ce soit un usage !
N'est-ce pas aujourd'hui que l'on ment davantage ?...
Gardez-vous d'en douter, ce grand jour si fêté
N'est qu'un jour de mensonge et de duplicité.

Depuis l'humble laquais jusqu'au fonctionnaire,
Tout le monde à l'envi se fait thuriféraire.
Mais ce beau dévoûment qu'inspire le devoir
Ne dure pas toujours du matin jusqu'au soir.
Oui, votre jour de l'an où l'on s'embrasse en frères,
Où l'on se fait des vœux plus trompeurs que sincères ;
Votre mois de Janvier, si fécond er cadeaux,
Occupe autant qu'Avril huissiers et tribunaux.
Ecoutez l'hypocrite : Au discours qui vous touche
Croyez-vous que son cœur s'accorde avec sa bouche ?
Ah ! ne le pensez pas... l'hypocrite est flatteur ;
Il vous vote en deux mots des siècles de bonheur.
Et cet adulateur si rampant, si servile,
Ne craint pas de trotter et de courir la ville :
Chez vous, c'est un baiser, ailleurs ce sont des vœux,
Et vous croyez entendre un ami généreux !...
Ainsi, mes chers amis, n'en déplaise à nos prudes,
Et même aux partisans des vieilles habitudes,
Je vous dis sans détour la pure vérité :
Ce solennel usage est une absurdité.

Sans doute mon épître, à vos yeux, satirique,
Provoquera chez vous le rire et la critique.
J'entends déjà la voix d'un érudit hautain,
Invoquant gravement son grec et son latin,
Citant Pline et Varron sur les fêtes romaines,
Me dire : « Connais-tu l'histoire des étrennes ? »
A notre vieux pédant, répondons sans façon
Et sachons lui donner une courte leçon :
« En l'honneur de Janus, de pompe environnée,
« Rome, nous le savons, gaîment ouvrait l'année.
« On voyait, en ce jour, voisins, amis, parents,
« S'adresser tour à tour des vœux et des présents.
« Rien n'était épargné dans ces fêtes romaines.
« L'auguste Strénua présidait aux étrennes.
« Et, lorsque les Sabins, à titre de cadeaux,
« Vinrent à Tatius présenter des rameaux,

« Ce prince, tout joyeux de ce brillant hommage,
« Prescrivit de ce jour le ridicule usage. »

C'est donc pour observer cet usage sabin
Qu'aujourd'hui vous courez, trottez dès le matin,
Que vous faites des vœux à qui veut les entendre.
A votre aise, messieurs, pour moi je sors d'en prendre.
Ce n'est pas d'aujourd'hui que je connais l'abus
De tous ces faux baisers et donnés et rendus.
J'ai vu plus d'une fois briller cette journée
Qui vient avec Janvier recommencer l'année.
Non, non, tous ces souhaits, tous ces embrassements,
Tous ces pompeux discours et ces grands compliments
Que vous nous prodiguez avec cérémonie,
N'ont rien avec le cœur qui soit en harmonie.

Écoutez ce bambin : Il vient vous débiter
Un discours qu'il vous faut jusqu'au bout écouter,
Et pour prix de huit jours d'études et de peines,
Sachez qu'au dernier mot il lui faut ses étrennes.

Autour de ce vieillard, de douleurs trop souffrant,
Voyez ses héritiers se presser en riant.
Ils sont heureux, contents, et, d'un air hypocrite,
Lui font en ce beau jour plus d'un vœu sans mérite.
Croyez-vous franchement à la sincérité
De tous ces grands souhaits qu'ils font pour sa santé ?
Ils aimeraient mieux voir, dans leur pensée intime,
Le vieillard de ses maux être bientôt victime;
Vous les verriez alors, du jour au lendemain,
Autrement occupés qu'à se donner la main.
Ils voudraient du défunt se partager les terres,
Et, loin de se traiter de cousins ou de frères,
Chacun d'eux se croyant trop lésé dans ses lots,
Traiterait ses parents de fripons ou de sots !...

Allez, mes chers amis, que rien ne vous retienne,
Votre vieille habitude est pour moi trop païenne.

En tous temps je vous aime et veux votre bonheur.
En Mars comme en Janvier, vous régnez dans mon cœur.

LES ANIMAUX SE DISPUTANT SUR LEURS PRIX

AU CONCOURS AGRICOLE.

LE CHEVAL DE LUXE *(au cheval de trait).*
Le croirais-tu, mon vieux? ces messieurs du comice
Ont fait à mon égard un acte d'injustice.
Moi, coursier belliqueux, toujours bouillant d'ardeur,
Toujours plein de fierté, d'amour et de valeur,
Moi, qui, né pour la gloire, à la course intrépide,
Emporte noblement d'un pas leste et rapide
Vicomtes et marquis, barons et chevaliers,
Duchesses en renom, princesses et banquiers,
Je me vois méprisé ! ! !... Quoi ! pour ma propre gloire,
Je devais, malgré toi, remporter la victoire.
Oui, mon vieux, ces messieurs ont de moi fait mépris,
Tu ne méritais pas l'honneur du plus grand prix.

LE CHEVAL DE TRAIT.
Ecoute-moi, mon frère : après un tel langage,
Je pourrais t'accuser de me faire un outrage ;
Mais, plus prudent que toi, plus humble et moins jaloux,
Je ne veux point ici m'exhaler en courroux,
Pas même critiquer l'étrange jalousie
Qui t'excite en ce jour à me porter envie;
Je te dirai tout net : Dis-moi ce que tu vaux.
Conte-moi tes hauts-faits, tes glorieux travaux;
Mais dis la vérité !... Parle sans réticence,
Afin de me fixer sur ton intelligence.

LE CHEVAL DE LUXE.
Ah ! tu me connais bien, moi, coursier valeureux,
Vanté pour mon courage et mes traits généreux,

Et qui, la tête altière et pleine de jeunesse,
Promène avec fierté les rois et la noblesse ;
Moi, qui de ville en ville, au carrosse attelé,
Montre à tout l'univers un serviteur zélé,
Moi, qui m'entends louer partout sur mon passage
Et qui vois tout un peuple admirer mon courage,
Tu viens me demander l'histoire de mes faits !...
Eh bien ! apprends, mon vieux, que prodigue en bienfaits,
Je passe aux yeux de tous pour un coursier sublime,
Et qu'en dépit de toi, tout le monde m'estime.
Je vaux, n'en doute pas, à moi seul un trésor,
Comme je vaux le prix de ta médaille en or.

LE CHEVAL DE TRAIT.

J'honore tes vertus, ta gloire et ton mérite,
Mais bien loin d'approuver le motif qui t'irrite,
Je ne puis voir en toi qu'un vain présomptueux,
Qu'un fat, qu'un muscadin et qu'un sot orgueilleux.
En voyant au concours ta dignité froissée,
Ta valeur méconnue et ta gloire abaissée,
Tu n'es qu'un vrai jaloux !...

LE CHEVAL DE LUXE.

Et toi qu'un gros lourdeau.
Mais moi je suis partout un coursier fier et beau.
Mon pied sur le pavé fait jaillir l'étincelle,
Et ma course est égale au vol de l'hirondelle.

LE CHEVAL DE TRAIT.

Je n'eusse jamais cru qu'un si noble coursier
Osât, dans ses discours, se montrer si grossier.
Bien !... Je suis un lourdeau !... l'épithète est futile.
Voyons lequel des deux est au travail utile :
Tu roules, me dis-tu, d'un pas précipité
Un carrosse élégant et parfait en beauté,
Très-bien !... Mais il est vrai que dans ton écurie
Tu passes sans mentir les trois quarts de ta vie,
Tandis que chaque jour, avant que le soleil
N'ait de ses feux divins illuminé le ciel,

Palès me voit aux champs. Oui, pauvre créature,
Tous les jours je laboure ou traîne ma voiture.
Je ne connus jamais que fatigue et rigueurs
Et jamais du repos n'ai goûté les douceurs.
Aujourd'hui je charrie et demain je cultive ;
La terre est par mes soins féconde et productive.
Et j'ai toujours prouvé, par mes efforts heureux,
Que j'étais envers l'homme un lourdeau généreux.
Oui, c'est à mes travaux que tu dois ton avoine.
Eh bien ! quoi ! tu rougis, tu te retiens à peine !
Voilà, beau paladin, voilà la vérité,
Je te la dis ici, même sans vanité.
Ose donc maintenant me parler d'injustice,
En accuser en vain nos messieurs du comice,
Et je te répondrai comme un frère indulgent :
Tu ne méritais pas la médaille en argent.

LE CHEVAL DE LUXE.

Insensé !... ne va pas, dans ma douleur amère,
Par de mauvais propos provoquer ma colère !
Tu t'en repentirais !

L'ANE (prenant la parole).

Eh bien ! finirez-vous ?
Faut-il donc pour vos prix vous montrer si jaloux !
Laissez-moi réclamer !... moi, dédaigné du riche,
Je n'ai pas eu l'honneur de me voir sur l'affiche !...

LE CHEVAL DE LUXE.

Le concours agricole, à l'âne sans ardeur
Ne saurait décerner le moindre prix d'honneur.

L'ANE.

Nous le savons, seigneur, le baudet n'est point digne
D'obtenir comme vous l'honneur le plus insigne ;
Nous ne prétendons rien..... Pour nous, c'est le bâton,
Pour vous, c'est le galop du village au canton.
Vous promenez les grands, les princes et les reines,
Mais nous, sous le fardeau, nous endurons nos peines.

2

Permettez-moi, seigneur, de changer mon discours :
Vous vous montrez jaloux sur les prix du concours ;
Vous vous plaignez à tort de messieurs du comice,
En disant qu'ils vous font un acte d'injustice,
Car, laissez-moi vous dire en toute liberté
Ce que j'appelle ici la pure vérité.

LE CHEVAL DE LUXE.

Parle ; mais ne va pas, rustique mercenaire,
Me lancer quelques mots qui pourraient me déplaire.

L'ANE.

Ne craignez rien, seigneur, et sachez qu'un baudet
Sait aussi bien que vous parler avec respect.
Eh quoi ! vous vous plaignez d'une pauvre médaille,
Parce que, dites-vous, j'espérais, par ma taille,
Ma beauté, ma grandeur, mon port majestueux,
Trouver dans ces messieurs un cœur plus généreux.
Ah ! milord ! cher milord ! votre frère agricole
Méritait mieux que vous de ceindre l'auréole !...

LE CHEVAL DE LUXE.

Malheureux ! Qu'as-tu dit ?

L'ANE.

                              La vérité, seigneur.
Sans craindre d'offenser votre noble grandeur.
Je sais bien que souvent la vérité nous blesse
Et qu'on devrait se taire aux yeux de la noblesse...

LE CHEVAL DE LUXE.

Va-t'en, restant d'esclave, objet de mon mépris !
Retire-toi, voyons, ne m'as-tu pas compris ?
Qu'es-tu donc près de moi !... Va, garde ta distance
Et ne me parle plus sur ce ton d'arrogance.

L'ANE.

Je ne crains pas, Seigneur, vos termes imprudents.
Vous souvient-il qu'un jour, atteint du mors aux dents,
Vous prites comme un fou ce galop redoutable
Qui vous valut le nom d'animal indomptable.

Soudain votre carrosse est par vous renversé !
J'accours ! Que vois-je, hélas ! un vieux marquis blessé !
Et, combien d'autres fois !...

LE CHEVAL DE LUXE.

                 Arrête, sot rustique !

L'ANE.

Vous vous fâchez, Milord, d'un récit authentique.
Vous êtes, je l'avoue, un coursier vigoureux,
Mais je ne vois en vous qu'un faquin dangereux.
Je vous quitte, Seigneur, excusez mon audace,
Et sachez respecter un âne de ma race.

LA BREBIS.

Eh bien ! mes chers amis, c'est un beau jour pour nous,
Que celui-là qui vient de nous couronner tous.

LE CHEVAL DE LUXE.

Je n'en dis pas autant ; ta prime aussi me vexe.
Je devais l'emporter vingt fois sur ton beau sexe.
Cinquante francs pour toi !... C'est une iniquité.
En fais-tu plus que moi pour la société !

LA BREBIS.

Si j'en fais plus que vous !... N'ai-je pas de mes laines
Habillé tous les ans les princes et les reines ;
Je fournis des habits aux pauvres malheureux,
Et mon cœur est content quand il fait des heureux.
J'ajouterai, Seigneur, que ma munificence
A fait jusqu'aujourd'hui le bonheur de la France.
Et puis, quand le boucher, de son couteau sanglant,
Me tient à l'abattoir et me perce le flanc,
Je meurs encor contente. Oui, pauvre créature,
A l'homme après ma mort, je sers de nourriture !
M'en diriez-vous autant ?...

LE TAUREAU.

                 C'est assez de discours !
Songeons à rendre hommage aux messieurs du concours.
Et toi, Seigneur flambant, trop fier de ta puissance,
Apprends que le Taureau peut t'imposer silence.

Je suis ici ton maître, et, malgré tes beaux flancs,
Je l'emporte sur toi le moins de cent-vingt francs.
Surtout, je te défends d'insulter cette fille,
Car je me sens d'humeur à venger sa famille.
Quoi ! tu n'es pas content, tu veux le premier prix !
Tu dis que ces messieurs ont de toi fait mépris.
Mais il ne suffit pas de montrer ta crinière,
Ni de dire au concours : Voyez ma tête altière.
Attends!... Ne réponds pas !... Modère ton courroux,
Rabaisse ton orgueil et sache filer doux.
Oui, je reviens : Hommage aux messieurs du comice,
Et disons que ce jour est un jour de délice.

Septembre 1850.

L'AIGLE EN VOYAGE AVEC LOUIS-NAPOLÉON

A BORDEAUX.

L'AIGLE.

Plus de vingt ans, de Sainte-Hélène en France,
J'ai voyagé comme autrefois Iris.
J'ai d'un essor, franchissant la distance,
Revu la Seine et plané sur Paris.
De l'Empereur le vétéran fidèle,
Avec orgueil me répétait le nom.
La France veut, pour être heureuse et belle,
Faire Empereur Louis-Napoléon.

LOUIS-NAPOLÉON.

Naguère encor sur la terre étrangère,
Ce vœu sacré faisait battre mon cœur.
J'ai pour la France une amitié sincère,
Dès mon berceau je rêvai son bonheur.

Oui, ma patrie est encor orgueilleuse
Au souvenir de mon illustre nom ;
Mais elle veut, pour être plus heureuse,
Faire Empereur Louis-Napoléon.

L'AIGLE.

Je repartais pour l'île Sainte-Hélène
Avec l'espoir, la gaîté dans le cœur.
Je m'écriais, de la plage lointaine :
La France encor chérit son Empereur !
De ce héros vénérant la mémoire,
Avec fierté prononce le grand nom,
Mais elle veut, pour illustrer sa gloire,
Faire Empereur Louis-Napoléon.

LOUIS NAPOLÉON.

Deux fois déjà d'une voix unanime
Sur moi la France a su fixer son choix.
Elle a voulu qu'un prince légitime
Fût au pouvoir et lui dictât des lois.
O ma patrie ! à mes yeux si puissante,
D'un Bonaparte, admirant le grand nom,
Tu veux encor, pour être florissante,
Faire Empereur Louis-Napoléon !

L'AIGLE (donnant une pétition au Prince).

Voyez, Seigneur, cet élan populaire.
Sur ce papier, la France émet ses vœux.
Elle vous dit : L'Empire est nécessaire ;
Pour mon honneur dès longtemps je le veux.
Entrez donc, Prince, entrez dans la carrière
Où vous appelle un si glorieux nom.
La France veut, pour être heureuse et fière,
Faire Empereur Louis-Napoléon.

LOUIS NAPOLÉON.

D'un Empereur si je ceins la couronne,
Ecoute bien, mon cher et bel oiseau.
Tout pour la France et rien pour ma personne,
Voilà mes vœux sous ce titre nouveau.

Oui, l'on m'a dit : L'Empire est nécessaire ;
Nous le voulons pour l'honneur du grand nom.
Ainsi le veut la France populaire,
Faire Empereur Louis-Napoléon.

L'AIGLE.

N'êtes-vous pas fils de la Providence,
Et le neveu du plus grand des héros ?
Oui, vous avez, pilote de la France,
Su conjurer la tempête et les flots.
Des nations la France est la première ;
Sa gloire vient du chef de votre nom.
Mais elle veut, pour en être encor fière,
Faire Empereur Louis-Napoléon.

LOUIS-NAPOLÉON.

Aigle chéri, trop fier de ton plumage,
Je sais fort bien que ton vol est léger.
Mais, sois en sûr, je te tiens en ma cage ;
Tu n'iras point planer à l'étranger.
Tu planeras de frontière en frontière
En redisant la gloire de mon nom.
La France veut, pour briller la première,
Faire Empereur Louis-Napoléon.

L'AIGLE *s'envole, parcourt la France, et vient rejoindre*
Louis-Napoléon à Saint-Cloud, avec un bulletin
dans ses serres.

Dieu ! Quel bonheur ! écoutez-moi, mon Prince,
On vous bénit de la ville au hameau.
J'ai de la France entendu la province.
Son dévoûment ne fut jamais plus beau.
Dans tous les cœurs l'amour de la patrie
Est inspiré par votre illustre nom.
La France veut, pour être encor chérie,
Faire Empereur Louis-Napoléon.

L'AIGLE *donnant son bulletin au Prince.*

De l'Empereur ceignez le diadème ;
Montez au trône avec ce bulletin.

C'est du Français la volonté suprême ;
Voilà, Seigneur, voilà le droit divin.
Dieu vous appelle à régner sur la France,
Déjà le monde est fier de votre nom.
Régnez, Seigneur, vous avez la puissance
Qu'eut l'Empereur, le grand Napoléon !

Octobre 1852.

(Cette pièce de vers a été mise en musique par M. Ducy,
organiste de Villeneuve-le-Roi.)

MARIAGE DE L'EMPEREUR NAPOLÉON III.

Aux yeux du monde entier, grâce à son Empereur,
La France a retrouvé sa gloire et sa grandeur.
Le Ciel est sans nuage !... Et, par votre alliance,
Renaît dans tous les cœurs la joie et l'espérance.
Le peuple et le soldat, de bonheur radieux,
Jusqu'au pied des autels vous ont suivi des yeux;
Et le Dieu qui des rois conduit la destinée,
De son trône éternel bénit votre hyménée.

Oui, Sire, votre hymen que le Ciel va bénir,
Présage à vos sujets un heureux avenir ;
Fait revivre en leurs cœurs ces beaux jours pleins de gloire,
Ces jours si glorieux recueillis par l'histoire,
Et qui, sous le grand homme, éclairant l'univers,
Portaient le nom français jusqu'au-delà des mers.

Sire, nous l'avons vu, cet auguste visage
De notre impératrice et si bonne et si sage !
Le Peuple s'écriait : « C'est le Dieu du destin
Qui place sur un trône un ange aussi divin;

Elle a de Joséphine et de la reine Hortense,
Les charmes, la douceur et l'amour de la France.
Ah ! le héros qui dort dans son double cercueil,
S'écrie en la voyant : « O peuple plein d'orgueil !
« O ma chère patrie ! O France généreuse !
« De tes Napoléons sois encore orgueilleuse !
« De Louis, d'Eugénie, honore le grand cœur,
« Ils vont régner sur toi pour ton propre bonheur ! »

Sire, la nation vous aime et vous révère,
Vous voit plus grand qu'Auguste et plus humain qu'un père ;
Régnez avec la paix !... Tout le peuple soumis,
Se range autour du trône en vrai peuple d'amis.
Vous avez dans le Ciel un Dieu qui vous inspire,
Un Dieu qui vous protége et bénit votre Empire.
Vous avez d'Aristide et la noble équité,
La sagesse et l'amour et son intégrité.
Régnez ! ce sont nos vœux. Puisse la Providence
Donner bientôt un fils au sauveur de la France !
Faire entendre l'airain qui, donnant le signal,
Annonce d'Eugénie un prince impérial !
Alors la vieille Europe, en ce grand jour de fête,
Devant le nouveau-né viendra courber la tête.

Février 1853.

HOMMAGE A M. LARABIT, SÉNATEUR.

Vieux soldat comme toi, mais dans l'obscurité,
Je viens te rendre hommage en toute liberté.
Généreux Larabit! digne élu de l'Yonne,
La gloire sur ton front s'illumine et rayonne.
Jeune, on te vit naguère, aux yeux de l'Empereur,
Montrer d'un vieux guerrier la noblesse et l'ardeur.

La France en ces grands jours de sa gloire occupée,
Sur ton beau dévoûment ne fut jamais trompée.
Ah! l'immortel César! cet illustre Empereur,
Ce héros magnanime encor cher à ton cœur;
Se réveille et s'écrie, avec un doux sourire :
« O toi, cher Larabit! Soldat du vieil empire!
« Toi que j'ai vu vingt fois, combattant sous mes yeux,
« Montrer au champ d'honneur un front majestueux,
« Je te vois, aujourd'hui, vénérant ma mémoire,
« Siéger dans le Sénat, à l'ombre de ta gloire !
« Salut, grand sénateur! Du fond de mon cercueil,
« J'aime encor à te voir servir avec orgueil.
« Non, non, ce cher Louis et sa bonne Eugénie,
« N'ont pas un plus zélé soutien de la patrie. »

De tes nombreux amis, de cent mille électeurs,
Entends, cher Larabit, tous les discours flatteurs :
L'un chante tes vertus et l'autre ton courage.
Ce n'est plus qu'un concert de louange et d'hommage,
Et près de son foyer, en cet heureux moment,
Le père instruit son fils de ton grand dévoûment !

A MADAME LA COMTESSE D'ORNANO

SUR LE RÉTABLISSEMENT DE SA SANTÉ.

Madame,
Loin de votre chevet, mais près par sa pensée,
Un simple instituteur, un homme humble et pieux,
Prie avec ses enfants pour vos jours précieux.
Et le Dieu qui l'entend, de son trône empyrée,
Saura nous conserver une épouse adorée.
Oui, Comtesse, nos vœux, ces vœux de notre cœur,
Sont enfin exaucés par un Dieu protecteur.

Par un Dieu juste et bon qui, dans sa bonté même,
Vous soutient, vous bénit, vous protége et vous aime.
Le Ciel, le juste Ciel, que j'implore à genoux,
Vous dit... « Vivez longtemps pour votre noble époux,
« Pour ce grand magistrat que le public estime,
« Et dont l'amour pour vous est pur et légitime. »
Vivez?... votre famille en ce jour de douleur,
Le désire avec nous pour son propre bonheur.
Ah ! vous avez souffert ! mais, dans votre souffrance,
Cet ange qui toujours soutint votre existence,
Voyant sur votre front le calme et la bonté,
Vint du plus haut des cieux vous rendre à la santé.
Merci, mon Dieu, merci, la Comtesse est sauvée !
Au comte d'Ornano vous l'avez conservée.
O Comtesse ! vivez !... Le plus cher de nos vœux
Est de vous voir couler des jours toujours heureux.
Il est bien doux pour vous de vous dire en vous-même :
Le Peuple en ma faveur invoque un Dieu suprême.

Février 1833.

RÉPONSE DE M. LE COMTE D'ORNANO.

Monsieur Dunand,

Madame la Comtesse d'Ornano a reçu avec plaisir les vers que vous lui avez adressés au sujet du rétablissement de sa santé ; elle me charge de vous en témoigner toute sa reconnaissance pour les bons sentiments que vous lui exprimez.

Je ne saurais mieux reconnaître, Monsieur, cette mention délicate de votre part, qu'en vous priant de vouloir bien accepter, en souvenir d'elle et de moi, mes vers que vous trouverez ci-joints.

Agréez, etc.

Comte Rodolphe d'ORNANO.

Auxerre, le 18 février 1833.

ABD-EL-KADER MIS EN LIBERTÉ

PAR LOUIS-NAPOLÉON.

Je suis enfin au terme de mes peines ;
Je vais sortir de ma captivité.
Un Bonaparte a su briser mes chaînes
En me rendant l'air de la liberté.
De ce grand prince, admirant la clémence,
Abd-El-Kader s'écrie avec bonheur :
Ah! c'est un Dieu qui gouverne la France !
Je lui voudrais un trône d'Empereur.

Pour accomplir cet acte de justice,
Il ne fallait qu'un prince généreux.
Napoléon, honteux de mon supplice,
Vient d'exaucer le plus cher de mes vœux,
C'est un chrétien plein de munificence,
Qui du proscrit se fit libérateur.
Ah! c'est un Dieu qui gouverne la France!
Je lui voudrais un trône d'Empereur.

Depuis longtemps, ce prince magnanime
Fixait les yeux sur ma triste prison.
Il a voulu, par un acte sublime,
Briser mes fers en vrai Napoléon.
Dieu, quel bonheur ! quelle douce espérance !
Abd-El-Kader retrouve un protecteur.
Ah ! c'est un Dieu qui gouverne la France ;
Je lui voudrais un trône d'Empereur.

Je quitte Amboise et me rends en Turquie,
En bénissant Louis-Napoléon.
Je ne suis plus hostile à sa patrie ;
Je le déclare à l'honneur de son nom.

Sur le Koran je jure obéissance
A ce chrétien qui comprit ma douleur.
Ah ! c'est un Dieu qui gouverne la France !
Je lui voudrais un trône d'Empereur.

Soldat français, par ta valeur guerrière,
Tu peux lutter contre le monde entier ;
En Algérie, illustrant ta carrière,
Tu me fis voir l'ardeur du vieux guerrier.
Je rends hommage à ta noble vaillance
Et je bénis ton prince bienfaiteur.
Ah ! c'est un Dieu qui gouverne la France !
Je lui voudrais un trône d'Empereur.

En respirant l'air de l'Anatolie,
Dans la cité des sultans ottomans,
Je goûterai le bonheur de la vie
En revoyant mes frères musulmans.
Napoléon, si grand dans sa clémence,
A su combler les désirs de mon cœur.
Ah ! c'est un Dieu qui gouverne la France !
Je lui voudrais un trône d'Empereur.

Peuple français, témoin de mon courage,
D'Abd-El-Kader garde le souvenir ;
Ton noble prince est généreux et sage,
Dieu le protége et saura le bénir.
D'un tel sauveur respecte la puissance,
Il a juré de faire ton bonheur.
Ah ! c'est un Dieu qui gouverne la France !
Je lui voudrais un trône d'Empereur.

Château d'Amboise, aimable solitude,
Dès aujourd'hui je te fais mes adieux.
Abd-El-Kader n'est plus en servitude,
Bientôt à Brousse il sera plus heureux.
Près du Taurus, dans sa reconnaissance,
Il bénira son noble bienfaiteur.

Ah ! c'est un Dieu qui gouverne la France !
Je lui voudrais un trône d'Empereur.

Octobre 1852.

VISITE D'ABD-EL-KADER A SAINT-CLOUD.

ABD-EL-KADER.

Je viens, seigneur, je viens me présenter à vous.
Le ciel en ce palais ouvre les yeux sur nous.
Je suis en liberté !... Grâce à votre clémence,
Par ce trait généreux vous honorez la France.
Déjà le monde entier, les cieux et l'univers
Bénissent le sauveur qui sut briser mes fers.
O prince généreux ! cœur noble et magnanime,
Croyez qu'Abd-El-Kader vous aime et vous estime.
C'est un grand jour pour moi que ce jour solennel
Où je viens vous jurer un amour éternel.
Oui, seigneur, votre nom, ce nom si plein de gloire,
Restera pour jamais gravé dans ma mémoire.

LOUIS-NAPOLÉON.

Venez, Abd-El-Kader, noble guerrier vaincu,
Votre captivité ne m'a que trop ému.
En vous ôtant vos fers de sa main protectrice,
La France à son captif fit acte de justice.
Le Dieu qui vous amène au sein de ce palais,
Entre la France et vous conservera la paix.
Venez, illustre émir, et recevez l'hommage
D'un peuple qui connaît votre noble courage.
Vous savez du français ce que peut la valeur,
Vingt fois vous l'avez vu briller au champ d'honneur.
Eh bien ! en respirant les parfums d'Arménie,
Vous saurez respecter sa jeune colonie.

ABD-EL-KADER.

Oui, seigneur, à vos vœux, Abd-El-Kader soumis,
Jamais d'un faux serment ne sera compromis.
Je dis par le prophète et sur la foi jurée :
Seigneur Napoléon, ma parole est sacrée !
Je veux de vos bienfaits, gardant le souvenir,
Bénir votre grand nom à mon dernier soupir.
Rien ne saurait briser l'amitié qui nous lie !...
Les échos d'Ararat et de l'Anatolie
Vous rediront bientôt que pour vous mon amour
Anime encor mon cœur en cet heureux séjour.
Mais ce n'est pas assez de la simple promesse
Que fait Abd-El-Kader aux pieds de Votre Altesse.
Il faut, mon prince, il faut que le pauvre proscrit
Vous donne de sa main son serment par écrit.

(*Il lui présente un papier*).

Acceptez, le voici scellé par le prophète.
C'est de mes sentiments le fidèle interprète.

LOUIS-NAPOLÉON.

Vous me touchez, Emir !... je sais que votre cœur
Sut toujours s'élever au-dessus du malheur.
Mais de ce même cœur respectant la noblesse,
Je n'exigeais de lui ni serment, ni promesse ;
Je n'avais qu'un seul vœu : vous voir en liberté !

ABD-EL-KADER.

Merci, seigneur, merci ; la générosité,
Ce sentiment si beau, si grand et si sublime,
Chez un Napoléon fut toujours légitime.
Vous m'avez mis au rang de vos meilleurs amis
Et brisé mes liens sans me l'avoir promis.
Louange au Dieu du ciel ! à ce maître suprême,
J'aime mon bienfaiteur plus que tous ceux que j'aime.
Dieu ! de Napoléon sois le grand protecteur,
Lui seul a fait pour moi ce qu'eût fait l'Empereur ;

Dirige chaque jour ce sauveur de la France :
Il fait de ses sujets la joie et l'espérance?

Octobre 1852.

TENTATIVE D'ASSASSINAT

SUR LA PERSONNE DE LA REINE D'ESPAGNE.

TRÈS-AUGUSTE REINE !

C'est la voix d'un français, ô reine de bonté,
Qui vient parler au cœur de votre majesté ;
D'un français qui connaît votre illustre patrie
Et donnerait pour elle et son sang et sa vie.
Puissiez-vous en ce jour d'angoisse et de douleur
Accueillir le discours que vous dicte son cœur !

Hélas ! un espagnol, un régicide impie,
Ose attenter aux jours d'une reine chérie.
Eût-on jamais pensé qu'un *Martin Mérino*,
Qu'un ministre du Christ, hypocrite hidalgo,
Vint un jour dans le flanc de son auguste reine
Enfoncer le poignard pour assouvir sa haine,
Et que, voyant couler un sang si précieux,
Ce prêtre criminel, cet homme audacieux,
Sans le moindre remords de son horrible crime,
Croit aux derniers soupirs de sa noble victime !

A l'aspect déchirant d'un si triste malheur,
La France, ma patrie, en a frémi d'horreur :
« Hélas ! s'écriait-elle, hélas ! près de sa fille,
« Près du roi, son époux, au sein de sa famille,
« Une mère, une reine au cœur toujours humain,
« Tombe sous le poignard d'un perfide assassin !
« Quel coup affreux du sort ! l'Europe épouvantée
« Voit de son propre sang la reine ensanglantée ! »

. . . .

Mais il est dans le ciel, ô reine de douceur !
Un Dieu qui, de vos jours, se fit le protecteur,
Un Dieu juste et puissant qui, dans sa bonté même,
Sera toujours pour vous un sauveur qui vous aime.
De son trône empyrée il a les yeux sur vous,
Il a de Mérino paralysé les coups.

Oui, reine, de la mort Dieu vous a préservée !
Merci, mon Dieu, merci, notre reine est sauvée !
L'Espagne ne craint plus pour vos jours précieux ;
On voit déjà partout la gaîté dans les yeux.
Le roi, l'auguste roi, que l'Espagnol estime,
Sent renaître en son ame un bonheur légitime.
Ah ! qu'il est doux pour lui que votre majesté
Après ce coup fatal revienne à la santé !
Votre famille auguste, hier encor dans les larmes,
Respire le bonheur et n'est plus en alarmes.

Vos ministres, hélas ! eux que l'Europe a vus,
Après votre malheur de douleur abattus ;
Ces grands hommes d'Etat, guidés par leur sagesse
Et toujours dévoués à leur noble princesse,
Respirent aujourd'hui la joie et le bonheur,
Et le peuple, comme eux, en rend grâce au seigneur.

. . . .

Régnez, reine, régnez ! votre existence est chère.
L'Espagnol vous chérit, vous aime et vous révère ;
Il sait que le grand cœur de votre majesté
Est un cœur vertueux et plein d'humanité.
Régnez, régnez en paix, régnez pour votre fille,
Pour le roi, votre mère, et pour votre famille.
Le Dieu qui vous protège et qui commande aux rois
Fera fleurir l'Espagne et respecter ses lois.
Il veille sur vos jours, sur le roi, votre mère,
Sur ceux de votre fille à l'Espagne si chère,

Et fera dire un jour à vos sujets heureux :
Le règne d'Isabelle est sage et glorieux.

RÉPONSE DE L'AMBASSADEUR D'ESPAGNE.

Paris, le 25 février 1852.

Monsieur,

J'ai reçu, avec la lettre que vous m'avez fait l'honneur de m'adresser, l'épître qui s'y trouvait jointe pour Sa Majesté mon auguste souveraine, la félicitant d'avoir échappé à l'odieux attentat commis sur sa personne.

En vous remerciant, Monsieur, des sentiments que vous voulez bien me témoigner à cet égard, je saisis cette occasion pour vous offrir l'assurance de ma considération très-distinguée.

LE MARQUIS DE VALDEGAMAS.

A M. Ch. Dunand, instituteur à Maillot (Yonne).

LE MAUVAIS SUJET DEVENU JOURNALISTE.

LE PÈRE *seul dans sa chambre.*

Hélas ! pour être riche et n'avoir qu'un enfant,
En suis-je plus heureux ? en suis-je plus content ?
Ai-je avec ma fortune, au sein de l'opulence,
Tout ce qui peut me faire une heureuse existence ?
Non, non, il est écrit au livre du destin
Que mon coupable fils n'est qu'un grand libertin.
Je le vois à regret, par d'ignobles caprices,
S'abreuver au courant du plus honteux des vices ;

2.

Il s'égare, il se perd, court d'erreur en erreur,
Et porte sur son front le sceau du déshonneur.
Eh bien ! de mon courroux cet enfant doit tout craindre,
Car je vais aujourd'hui le forcer, le contraindre
A fixer sans retard son choix sur un état ;
Enfin je veux le voir ébéniste ou soldat.
Pour moi le paresseux est un être nuisible.
Qu'il vienne, je l'attends ; mais je suis inflexible !
    (*Félix entre en ce moment*).
Félix ! il est grand temps de choisir un métier
Et de cesser de vivre à l'instar d'un rentier !
Sois soumis, je le veux ; l'autorité d'un père
Jamais envers l'enfant ne fut assez sévère.
Dès l'instant qu'il commande, il lui faut obéir,
Non point en murmurant, mais bien avec plaisir.
Comprends donc ma raison !... Le travail, à ton âge,
Est au cœur d'un enfant la vertu la plus sage.
Oui, c'est par le travail que tu seras heureux.

FÉLIX.

Je ne saurais, mon père, adhérer à vos vœux.
Un métier, dites-vous ! est-ce là mon affaire ?
Ah ! je ne suis pas né pour être mercenaire.
Je puis me divertir, m'amuser ici-bas
Sans attendre le fruit du travail de mes bras ;
Un métier !... vous rêvez !... A quoi bon la richesse,
S'il me faut au travail consacrer ma jeunesse !
Laissez au pauvre ouvrier les outils à la main
Le soin de travailler et de gagner son pain,
Et ne me tenez plus ce langage inutile,
Quand je puis sans travail vivre heureux et tranquille !..

LE PÈRE.

Ton langage est celui d'un enfant sans souci
Qui ne craint pas son père en répondant ainsi.
Ah ! tu ferais bien mieux d'écouter en silence
Mes conseils paternels dictés par la prudence,

Même de te soumettre au plus cher de mes vœux,
Que de prendre le ton d'un marquis fastueux !
Apprends donc que ton père, ami de la justice,
Doit arrêter son fils au bord du précipice.
Lui dire : « Tu te perds !... Arrête, pauvre enfant,
« Tu creuses sous tes pas un péril imminent. »
Oui, Félix, tu te perds !... et, malgré ma défense,
Je te vois chaque jour trop prodigue en dépense.
J'aimerais mieux te voir au travail occupé
Que de voir mon argent par tes mains dissipé.
Je serais glorieux de mon titre de père
Et mon amour pour toi serait pur et sincère.
Mais c'est assez de mots, il est temps d'en finir,
Entre tous les états hâte-toi de choisir !...
Eh bien ! tu ne dis rien ? Ah ! si ce grand silence
Montre encor à mes yeux ta désobéissance,
Prends garde que ton père, en cet instant si doux,
Ne fasse ici sur toi rejaillir son courroux !

FÉLIX.

C'en est donc fait, mon père ?

LE PÈRE.

Oui, je suis inflexible
Autant qu'à mon honneur ta conduite est nuisible.
Ah ! dans tes premiers ans, tranquille en ton berceau,
Tu m'inspirais, ingrat, un projet bien plus beau !
Je te voyais grandir avec l'intelligence,
Et je fondais sur toi ma plus douce espérance.
Dès que tu pus marcher, je te pris par la main,
D'un collége en renom je te mis en chemin.
« Va, te disais-je, va, cultive ta mémoire,
« Songe que le génie est notre propre gloire.
« Sois studieux, attentif, soumis, obéissant,
« Et tu pourras un jour devenir un savant.
« Un savant !... O mon fils ! que ce grand mot t'anime !
« Montre à ton professeur un dévoûment sublime,

« Afin qu'un heureux jour, au banc de l'avocat,
« J'admire en ta personne un zélé magistrat ! »
Tel était mon espoir !... Mais jamais dans l'année
Je n'ai vu de laurier ta tête couronnée.
Ta conduite au collége, ose me démentir,
Était d'un paresseux la conduite à tenir.
Eh bien ! ne sois pas long ; le moment est suprême ?
Choisis vite un état ou je choisis moi-même :
Voyons, te convient-il de te faire imprimeur ?
Voudrais-tu devenir un bon compositeur ?

FÉLIX.

C'est un art admirable, un art que je révère,
Car du grand Gutenberg l'art sublime et prospère,
Sera dans tous les temps le plus cher à mon cœur.
Mais tenir en mes mains l'ennuyeux composteur,
Jamais !!!...

LE PÈRE.

        Que veux-tu donc ?... vivre dans la paresse ;
Rester comme toujours au sein de la mollesse,
Hanter les mauvais lieux où tu fais tes exploits.
Malheureux ! sois soumis et docile à ma voix !
Silence ! pas un mot !. . Demain, chez mon notaire,
Tu seras second clerc, ou sinon ma colère !...

FÉLIX.

Mon père ! calmez-vous !... Songez que votre enfant
Veut un métier plus noble et bien plus imposant.

LE PÈRE.

Voyons, choisis.

FÉLIX.

        Eh bien ! je me fais journaliste ;
Je ne vois rien de mieux qu'un savant publiciste.

LE PÈRE.

Insensé !... que dis-tu ?... Pour fonder un journal,
Sais-tu ce qu'il te faut ? D'abord un capital,
Un esprit distingué, puis un vaste génie
Que tu n'auras jamais dans le cours de ta vie !

FÉLIX.

Esprit et capital, tout est prêt ; mes amis,
Mes collaborateurs me l'ont vingt fois promis.
Rien ne me manquera dans cette heureuse affaire :
Talent, génie, esprit et moyen pécuniaire,
Tout est à mon service. Ainsi donc, dès demain
Vous lirez un journal rédigé par ma main.

LE PÈRE.

Tu le veux !

FÉLIX.

Oui, mon père.

LE PÈRE.

Eh bien ! sois journaliste ;
Sois ou républicain ou vrai bonapartiste ;
Sois du gouvernement le soutien généreux,
Sois même de Henri partisan chaleureux,
J'y consens ?... Mais, écoute et cherche à me comprendre :
Soit le rouge ou le blanc que tu prétends défendre,
Voici ce qui t'attend pour prix de tes succès :
Amende sur amende et procès sur procès ;
Je vois de la prison la porte redoutable
S'entr'ouvrir devant toi !... Rien n'est plus véritable !
Pauvre enfant ! je te plains !... Tu vends ta liberté,
Car le parquet bientôt, dans sa sévérité,
Pour un oui, pour un non, cédant à son caprice,
Te fera sans pitié comparaître en justice.

FÉLIX.

Je suis loin de blâmer votre avertissement ;
Mais croyez que fidèle à son gouvernement,
L'écrivain dévoué, plein de patriotisme,
Peut aux yeux du Parquet faire du journalisme.
J'ai mon opinion !... Je suis bien résigné.

LE PÈRE.

Il n'en faut pas beaucoup. L'article non signé
Peut devenir fatal à ta triste carrière,
N'importe qu'il soit court ou d'une page entière ;

Quand même il serait rouge ou serait pour les blancs,
Il te faudra payer quelques milliers de francs.
Tiens-toi pour prévenu!... sois sage en politique,
Et ne crains pas surtout le grand flot polémique.

. . . .

(Six mois plus tard, Félix vient avouer ses torts
à son père).

FÉLIX.

Ah! c'en est fait, mon père!... Oui, vous me l'aviez dit,
Le Parquet dans un rien sait trouver un délit.
Quoi! faut-il l'avouer! c'est pour la signature
Qu'il m'inflige une amende et me traîne en pâture!
O détestable état! je te prends en horreur.
J'eusse été plus heureux de me faire imprimeur.
Non, non, dans un journal je ne veux plus écrire!
Et puis, ce n'est pas tout, je dois encor vous dire
Qu'un procès tout nouveau, bien que j'eusse raison,
Vient de me condamner à huit mois de prison.

LE PÈRE.

Ah! malheureux enfant! qu'espérais-tu donc faire
Au mépris des conseils de ton généreux père?
Céder à ton caprice avec impunité!...
Mais tu ne savais pas que dans son équité
Le ciel avec rigueur lancerait sur toi-même
Le poids de son courroux et de son anathème.
Non, tu ne savais pas qu'il est un Dieu vengeur
Qui marquerait ton front du sceau réprobateur,
Et que d'un libertin, exerçant sa puissance,
Pouvait en un seul jour réprimer la licence.

FÉLIX.

Je suis un malheureux!... je reconnais mes torts.
Mais si, dès aujourd'hui, faisant tous mes efforts,
Je puis pour mon bonheur et pour ma propre gloire,
Oui, si de votre cœur et de votre mémoire
Je puis les effacer, pourrai-je de ce jour
Me croire encore l'enfant de votre tendre amour?

LE PÈRE.

Si tu peux de l'erreur passer à la sagesse,
Reprendre d'un bon fils le cœur et la tendresse,
Faire revivre en moi le courage et l'espoir,
Me montrer du plaisir à remplir ton devoir,
Et si tu me promets d'obéir à ton père,
D'avoir de ta conduite un repentir sincère,
De te montrer toujours et docile et soumis,
Ah! je serai content de te nommer mon fils ! !

> FÉLIX *se jetant aux pieds de son père.*

Mon père! à vos genoux je vous fais la promesse
D'être selon vos vœux l'enfant de la sagesse,
De me soumettre en tout à votre autorité
Sans m'opposer jamais à votre volonté.

LE PÈRE.

Très-bien! Félix, très-bien !... Tu me tiens un langage
Qui me fait espérer que tu seras plus sage.
Tiendras-tu ton serment?

> FÉLIX.
> Je n'y faillirai pas.

LE PÈRE.

Eh bien! relève-toi; mais ne me trompe pas.

> FÉLIX *se relevant.*

Vous tromper !... Oh! non, non ; je retrouve en mon âme
Un amour filial qui renaît et m'enflamme.
Vous tromper, ô mon père! oserais-je mentir,
Quand je sens de mes torts un profond repentir !

LE PÈRE.

Sur ton serment, mon fils, ton père te pardonne.
Mais quand à ses penchants un enfant s'abandonne,
Souviens-toi bien, Félix, que, marchant au hasard,
Il se verra, crois-moi, malheureux tôt ou tard.

FÉLIX.

Oui, mon père, un enfant qui n'en fait qu'à sa tête
Doit attirer sur lui la foudre et la tempête.

LE PÈRE.

Tu le reconnais?

FÉLIX.

Oui. Je comprends la raison.
Adieu, mon père, adieu ! je me rends en prison.
Maudit soit mon journal !... C'est un métier bien triste,
Je plains le malheureux qui se fait journaliste.

Juin 1831.

A MON COLLÈGUE VERPY, INSTITUTEUR:

Connais-tu, cher Verpy, les écueils de la vie?
Vis-tu jamais les flots d'une mer en furie,
Grossir en mugissant, se brisant sous tes pas,
T'ouvrir au sein des eaux le gouffre du trépas?
Non !... Le Dieu du destin, ce Dieu juste et sévère,
Dispensateur des biens et des maux sur la terre,
Daigna, dès ta naissance et du plus haut des cieux,
Te prédire au berceau des jours toujours heureux.

Cette prédiction ne s'est point démentie,
Tu goûtes chaque jour le bonheur de la vie.
Mais, hélas ! si du ciel jouissant des faveurs,
Tu te vois ici-bas dans un Eden en fleurs,
Combien d'autres sans toi, battus par la tempête,
Ont entendu la foudre éclater sur leur tête !
Moi-même, vieux marin, sur le gouffre mouvant,
Non loin d'un promontoire où, chassé par le vent,
J'ai vu, comme Athamas, dériver mon navire !...
Oui, je dois au hasard le jour que je respire.

Autrefois, l'Océan, pour moi paisible et doux,
Me menace aujourd'hui de son fatal courroux.

Enfin, depuis un an, mon navire est en rade,
Et tu sais, cher Verpy, mon noble camarade,
Que non loin de la plage un faux soleil me luit,
Et que mon bord en est à son dernier biscuit ;
J'en suis au désespoir !:.. Hélas ! mon équipage,
Naguère si content, si grand par son courage,
Est là sur le tillac, criant : « Il faut partir !
« Il faut quitter un port avant que d'y mourir !
« Pilote ! au cabestan ! remettons à la voile,
« Poursuivons du marin la périlleuse étoile,
« Hissons donc perroquet, et misaine et hunier,
« Voici venir du nord l'aquilon printannier.

Partir !... Non, cher Verpy, la mer est orageuse,
Et de Neptune encor la haine est dangereuse.
Attendons que ce Dieu, ce Dieu cruel, hélas !
Ait apaisé le vent qui perdit Athamas.
Subissons notre sort sur ce triste rivage,
Et puis, du Grand-Mâlay fuyant ainsi la plage,
Je ne te verrais plus, mais notre intimité
Conserverait de loin sa noble intégrité,
Car tu le sais, Verpy, mon camarade intime,
Oui, tu sais que mon cœur te respecte et t'estime.
De l'amour, il est vrai, d'un atôme éclipsé,
Un mortel bien heureux est souvent offensé ;
Mais si jusqu'à ce point je deviens téméraire,
Pardonne-moi, Verpy, cet aveu populaire.

L'ENFANT NATUREL ET SON MÉDECIN.

MATHURIN *au docteur qui entre.*

Ah ! vous voici, docteur ! bien, je vous attendais !
Je crois que mes tourments ne finiront jamais :

3

Le chagrin me dévore, et la mélancolie
Me fait passer des nuits dans la triste insomnie.

LE DOCTEUR *lui tâtant le pouls.*

De quoi vous plaignez-vous?

MATHURIN.

De l'inégalité,
Et d'être malheureux avec la liberté ;
Mais je me plains encor, dans mon patriotisme
De voir fouler aux pieds la loi du communisme,
Car vous le comprenez, un vrai républicain
Se voyant sans travail et quelquefois sans pain,
Ne doit·pas d'un bon œil voir le millionnaire
Abhorer le contact de l'humble prolétaire.
Telle est ma maladie !...

LE DOCTEUR *avec ironie.*

Il faudra vous purger :
Je vois que votre vie est dans un grand danger !.
La mort est dans vos yeux !... Quel malheur pour la France
De perdre un communiste en proie à la démence !
Savez-vous que ce mal est un mal tout nouveau,
Et que votre parti le ressent au cerveau,
Qu'il porte la terreur chez vos amis intimes
Où chaque jour il fait de bien tristes victimes ?...
Oui, monsieur, ce fléau chez le faible et le fort
Sévit avec rigueur pour y laisser la mort !
Eh bien ! rassurez-vous, mon art thérapeutique
Pourra vous conserver à notre république,
Je saurai vous guérir !...

MATHURIN.

Vous êtes dans l'erreur,
Car votre traitement, croyez-le, cher docteur,
Quelque puissant qu'il soit, laissera sur mon âme
Le mal qui me tourmente et l'humeur qui m'enflamme.
En vain prétendez-vous guérir la pauvreté,
Le mal est incurable !... il faut l'égalité !

Mais entendons-nous bien ; l'égalité des terres,
Seul remède efficace à nos tristes misères !...

LE DOCTEUR *d'un ton moqueur.*

Eh bien ! avant un mois, Jupiter dans les cieux,
Descendra parmi nous pour accomplir vos vœux.
Même on dit que Thémis viendra sur un nuage
Faire observer les lois de cet heureux partage ;
Que Rusina, Cybèle, arpentant les terrains,
Feront les meilleurs lots aux vrais républicains !
Ne vous plaignez donc plus !... Soyez calme et tranquille ;
Vous aurez au soleil un champ toujours fertile ;
Vous y récolterez la joie et le bonheur,
Et des fruits qui pourront flatter votre grand cœur !
Ce n'est pas tout encor ! le pauvre prolétaire
Recevra de Plutus sa part du numéraire ;
L'ordre sera donné de condamner à mort
Tout banquier qui voudrait cacher son coffre-fort.
Plaignez-vous donc, Monsieur !... Vos bourses dégarnies,
De l'or de l'aristo seront bientôt remplies !...

MATHURIN.

Assez, docteur, assez ; qui dit trop ne dit rien ;
Vous n'abuserez pas un loyal citoyen.
Je sais ce que je veux ; mais comme communiste,
J'ose ici vous traiter d'avare et d'égoïste.
Quoi ! l'homme ! œuvre de Dieu, cet être intelligent,
Ne serait-il donc né que pour vivre indigent.
Ouvrez les yeux, docteur, voyez la loi divine,
Et respectez du Christ l'équitable doctrine.
Les hommes sont égaux ; le livre du destin
Défend que l'un ait tout et que l'autre n'ait rien.
Que monseigneur marquis, regorgeant d'abondance,
Vive heureux et tranquille au sein de l'opulence,
Tandis qu'un pauvre père en proie à ses douleurs.
Verra mourir de faim ses enfants dans les pleurs !
Ah ! c'est l'iniquité que le peuple déteste,
Oui, c'est une injustice à nos yeux manifeste !

LE DOCTEUR.

Je n'ai rien à répondre à votre beau discours ;
Mais je vous parlerai de l'auteur de vos jours ;
Vous le savez, monsieur, le voile du mystère
Vous a toujours caché le nom de votre père !
Oui, vous fûtes le fruit d'un amour malheureux.
Eh bien ! la vérité vous fait baisser les yeux ?...

MATHURIN.

Non, non, docteur, parlez...

LE DOCTEUR.

                Je veux être explicite,
Oui, vous fûtes l'enfant d'un amour illicite.
Votre père était riche et plein de dignité ;
Mais votre mère, hélas ! ne l'était qu'en beauté !

MATHURIN.

C'était bien peu pour lui !... Ce don de la nature,
Qu'embellissait encor l'amitié la plus pure,
Ne devint à ses yeux qu'un titre au déshonneur,
Et de ma pauvre mère il se fit séducteur.
L'infâme ! pouvait-il des fleurs de l'hyménée,
La conduire à l'autel la tête couronnée.
Non, ma mère était pauvre, et le perfide ingrat
Eût de sa dignité souillé le noble éclat !...

LE DOCTEUR.

Ah ! calmez-vous, monsieur, montrez de la prudence ;
Sachez que votre père eût sa munificence.
Combien de fois sur vous, ne l'oubliez jamais,
N'a-t-il pas répandu ses généreux bienfaits !
Vous fûtes, je le sais, dans vos jours de jeunesse,
L'unique et seul objet de toute sa tendresse.
Et si, durant vingt ans, se cachant à vos yeux,
Votre père eut pour vous un nom mystérieux,
Croyez-moi, cher monsieur, l'heure est enfin venue,
Qu'il faut que son mystère éclate à votre vue !

MATHURIN.

Vous faites naitre en moi l'impérieux besoin
D'avoir avec mon père un heureux entretien.
Pensez-vous qu'il viendrait ici, dans ce lieu même,
S'il savait que son fils s'y trouve à l'instant même ?

LE DOCTEUR.

O mon fils ! tu l'entends !... ton père est devant toi !

MATHURIN.

Vous !...

LE DOCTEUR.

Oui, je suis ton père ! Oui, Mathurin, c'est moi !..

MATHURIN.

Eh bien ! je vous connais !... moi qui dès mon enfance
Demandait vainement l'auteur de ma naissance !...

LE DOCTEUR *lui montrant son testament.*

Regarde cet écrit ; ce généreux papier
T'apprend que de mon bien je te fais héritier ;
Mais n'en sois pas fâché ; partisan du partage,
Tu ne peux recueillir un si bel héritage,
Je dois donc déchirer cet écrit généreux...

MATHURIN *au désespoir.*

Qu'avez-vous fait, mon père ? Ah ! je suis malheureux !

LE DOCTEUR *souriant.*

Quoi ! pourrais-tu souffrir qu'un docteur égoïste
Léguât un si beau bien à son fils communiste ?
Non, non, tu te plaindrais de l'inégalité,
Et j'aurais à rougir de mon iniquité.
Un héritier ! fi donc ! je veux en avoir mille ;
Mon testament était par ce fait inutile.

MATHURIN.

Mais je suis votre enfant !...

LE DOCTEUR.

J'eusse été satisfait
De pouvoir te prouver, par un si grand bienfait,

Que pour toi mon amour fut un amour sincère
Et que je t'aime encor à l'égal de ta mère.
Mais, respectant des liens les décrets généreux,
Je ne saurais, mon fils, m'abaisser à leurs yeux.
Entre mille héritiers, ma fortune en partage
Me vaudra, j'en suis sûr, le beau titre de sage.

MATHURIN.

Écoutez-moi, mon père : Oui, j'étais dans l'erreur ;
Le venin communiste empoisonnait mon cœur ;
J'abjure à vos genoux mon infâme utopie.
Non, Mathurin n'est plus un communiste impie !

LE DOCTEUR.

Tu te trahis, mon fils ; un chrétien tel que toi
Ne peut en un moment renoncer à sa foi !
Jamais l'homme de bien que tout le monde estime
N'éprouva dans un jour un penchant vers le crime,
Et l'on vit moins encor le féroce assassin
Reprendre à la minute un sentiment humain !

MATHURIN.

Ah ! le serment d'un fils aux pieds d'un si bon père,
N'est-il pas un serment aussi pur que sincère !
Non, le cœur d'un enfant, honteux de se trahir,
A l'auteur de ses jours ne sut jamais mentir.
Seriez-vous donc, mon père, à ma voix insensible ?
Non. L'amour paternel ne peut être inflexible.
De grâce, écoutez-moi !... l'objet de tous mes vœux
Est de fuir un parti funeste et dangereux.

LE DOCTEUR.

Ne va pas me tromper ! Songe qu'un Dieu suprême
Fait sur l'enfant trompeur descendre l'anathême.
Consulte bien ton cœur ; vois si la vérité
Peut sortir de ta bouche avec sincérité ;
Et ne viens pas, mon fils, convoitant ma fortune,
Rendre ici ta présence à mes yeux importune ;
Tu t'en repentirais !... Le ciel avec rigueur
Poserait sur ton front le sceau réprobateur.

MATHURIN.

Ah ! le ciel qui m'entend, oui, ce ciel équitable,
Sait que d'un faux serment je ne suis point coupable.
Ne voyez devant vous qu'un enfant converti,
Qu'un heureux prosélyte abjurant son parti ;
Qu'un fils qui, d'un bon père invoquant la clémence,
Ose espérer le fruit de sa munificence.

LE DOCTEUR *lui prenant la main.*

Il est vrai, Mathurin ? tu connais ton erreur ?
Eh bien ! connais aussi la valeur de mon cœur !
Je te rends en entier ton immense héritage.
Voudrais-tu maintenant consentir au partage ?

MATHURIN.

Non, non, mille fois non !... il n'est qu'un ignorant
Qui pourrait tolérer ce partage insolent.
Merci, merci, mon père ! un legs si légitime
Arrête votre enfant sur les bords de l'abîme ;
J'étais bien insensé !...

LE DOCTEUR.
                              De mauvais citoyens
Assez sots pour vouloir l'égalité des biens,
Avaient depuis longtemps, et peut-être sans peine,
Empoisonné ton ame et de fiel et de haine.
Je te voyais grandir dans ta crédulité
Et convoiter nos biens avec impunité.
Mais je viens te guérir et te rendre à la vie.
Tu faisais chaque jour des actes de folie ;
Tu te mêlais d'écrire, et tes pauvres écrits
Te valaient des lecteurs le trop juste mépris.
Je n'eusse jamais cru qu'ignorant sa grammaire,
L'homme osât s'afficher au dédain populaire !

MATHURIN.

Je suis encor honteux. Je maudis mon erreur.
O mon père ! vous seul avez fait mon bonheur !

Mai 1830.

LE COQ DU VILLAGE FLAMBÉ.

Je fus longtemps le coq de mon village,
Et grand seigneur sans générosité.
Plus d'un malin voulait me mettre en cage,
Pour me soustraire au beau soleil d'été.
Ils ont tant fait qu'en leurs mains criminelles,
Bien malgré moi je suis enfin tombé.
Chacun me crie en m'arrachant les aîles :
Tu n'es pas cuit, mais te voilà flambé.

Mon peuple ailé, me traitant d'égoïste,
A tout-à-coup ouvert les yeux sur moi.
Quoi ! me dit-il, c'est un coq hypocrite
Qui pour sa poule est un bien mauvais roi !
Vite un rasoir et coupons-lui la crête,
Et qu'en nos mains il soit bientôt tombé.
Disons-lui tous pour qu'il courbe la tête :
Tu n'es pas cuit, mais te voilà flambé.

Chez un bon coq l'avarice est très-rare :
Avec la poule il partage son pain ;
Mais moi qui suis d'un naturel avare,
J'étais pour elle un arabe inhumain.
Ciel ! quel complot ! ma basse-cour entière
Veut qu'en ses mains je sois bientôt tombé.
Ah ! me dit-elle en sa valeur guerrière :
Tu n'es pas cuit, mais te voilà flambé.

Oui, la leçon est terrible et bien rude ;
Je ne suis plus le vieux coq de ma cour.
Voilà le fruit de mon ingratitude,
Hélas ! mon Dieu , pour moi quel triste jour !

Chacun me dit : pauvre malin sans gloire,
Entre nos mains te voilà bien tombé ;
Poule et poulets remportent la victoire ;
Tu n'es pas cuit, mais te voilà flambé.

J'étais trop fier de ma crête écarlate,
Car je croyais que tout m'était permis ;
Mais tout-à-coup sur moi la foudre éclate
Et je me vois entouré d'ennemis.
Je n'entends plus que ce cri redoutable :
Entre nos mains te voilà bien tombé ;
Ah ! mon vieux coq, la chose est véritable :
Tu n'es pas cuit, mais te voilà flambé.

Oui, c'est bien toi, vil intérêt sordide,
Qui m'as plongé le couteau jusqu'au cœur.
Je te maudis, personnage homicide,
C'est à tes coups que je dois mon malheur ;
Va, me dis-tu, mon vieux coq hypocrite,
Entre nos mains te voilà bien tombé.
Jusqu'à Paris on connaît ta conduite :
Tu n'es pas cuit, mais te voilà flambé.

TROUBLE ET REMORDS D'UN INSURGÉ

CONDAMNÉ A MORT.

L'INSURGÉ *s'agitant dans sa prison.*

Quand un arrêt sanglant nous appelle à la mort,
Non, non, il n'est plus temps de s'avouer son tort !
Il faut nous préparer à marcher au supplice
Pour recevoir le coup qu'ordonne la justice !
Vois, misérable, vois dans quel affreux réduit
Le rigoureux destin en ce jour te conduit !

Vois ce cachot infect, humide et monotone,
Où le ciel en courroux aux remords t'abandonne.
Quoi ! d'un tas d'insurgés j'étais au premier rang,
Et je marchais comme eux pour répandre du sang !
Malheureux ! qu'ai-je fait !... En m'armant pour le crime
J'allais imprudemment me plonger dans l'abîme ;
J'allais, par mon audace et ma témérité,
Jouer ma pauvre vie avec ma liberté.
Eh bien ! je te maudis, infâme Jacquerie !
Tu n'avais qu'un seul but : de perdre la patrie ;
De porter dans son sein la mort et la terreur
Et de t'abandonner à toute ta fureur.

Ah ! quand je vois encor dans ces tristes batailles
La France de ses mains déchirer ses entrailles,
Français contre Français, dans la lutte, acharné,
S'abreuver dans le sang, se battre en forcené,
Je foule sous mes pieds mes vaines utopies;
Mais que dis-tu ?... Toi-même, au rang de ces impies,
N'as-tu pas d'un seul coup !... Arrête, malheureux !
N'achève pas le mot ?. . . . .

(Apercevant du sang sur sa main).

Oui, de son sang ma main encor ensanglantée !...
Et tu craindrais la mort quand tu l'as méritée,
Traître ! meurs à ton tour !... tu ne peux l'éviter ;
C'est un arrêt fatal que tu dois respecter.
Meurs ! c'est le seul destin d'un parjure à la France,
Meurs enfin, et n'attends ni pardon ni clémence !

Mon Dieu, toi qui connais mes tourments, mes malheurs,
Toi qui, du haut des cieux, peux calmer mes douleurs,
Toi qui sais quel remords je renferme en mon ame
Et qui vois dans les pleurs et mon fils et ma femme,
Fais qu'oubliant bientôt l'opprobre de ma mort,
Ils n'aient point à rougir de mon malheureux sort !

(Il se laisse tomber sur un banc).

Allons, pauvre insurgé, calme-toi, prends courage ;
Mais quoi ! quitter la vie à la fleur de mon âge !
Non, non, j'espère encor ! .. Peut-être que demain
Notre brave aumônier, ce prêtre au cœur humain,
Viendra-t-il m'annoncer !... Mais non, point d'indulgence !
Ne va pas te bercer d'une douce espérance ;
N'attends dans ce cachot que le fatal moment
De marcher à la mort !... Quel affreux châtiment !
Ah ! je le craindrais moins si j'étais seul au monde.
Mais je laisse une veuve à sa douleur profonde ;
Je laisse un jeune enfant, objet de mon amour.
Que ne puis-je le voir dans ce triste séjour !
Je lui dirais : « Demain tu n'auras plus de père ;
Protège après ma mort ta bonne et tendre mère !...

(*La porte s'ouvre, et l'aumônier entre suivi d'une femme
et d'un enfant*).

L'AUMÔNIER.

Je viens, mon cher ami, de bonheur radieux,
Vous dire que le ciel vient d'exaucer mes vœux !

L'INSURGÉ *plein d'espoir*.

Ah ! mon père !... parlez !...

L'AUMÔNIER.

    Le chef de la patrie,
Ce prince si clément vous accorde la vie.

L'INSURGÉ.

Ciel ! que m'apprenez-vous ?...

L'AUMÔNIER.

    La pure vérité.
Gravez dans votre cœur cet acte de bonté.

L'INSURGÉ.

Vous m'apprenez, mon père, une heureuse nouvelle.
Mais, que vois-je ? ma femme et mon fils avec elle.
Chère Adéle ! je sais qu'envers toi j'ai des torts.
Combien de fois, hélas ! par de nobles efforts
N'as-tu pas, mais en vain, en ces jours d'anarchie,
Tenté de me soustraire à la démagogie !

« Tu vois, me disais-tu, ton enfant dans mes bras ;

« Il est bien jeune encor, ne l'abandonne pas.

« Renonce à ton parti par amour pour sa mère,

« Aime l'ordre avant tout ; c'est le devoir d'un père. »

ADÈLE.

Tu ne daignas jamais m'écouter un seul jour.

Insensible à ma voix autant qu'à mon amour,

Je combattis en vain tes funestes maximes.

Vingt fois je te fis voir le plus noir des abîmes ;

Ton cœur trop endurci, loin de s'en émouvoir,

S'enivrait chaque jour d'un ridicule espoir.

Ah ! quand je songe encor que pour courir aux armes

Tu laissas ton enfant et ta femme en alarmes,

Un sentiment d'horreur !.....

L'INSURGÉ *l'interrompant.*

Arrête, Adèle !... Assez !...

Respecte le remords de mes forfaits passés.

J'ai commis, je l'avoue, un acte déplorable,

Mais faut-il qu'à tes yeux je ne sois qu'un coupable ?

Non. Ne vois devant toi qu'un homme encor jaloux

De son titre de père et d'honorable époux.

Je veux de ton amour mériter la tendresse

Et de tes bons conseils respecter la sagesse.

Je veux dès aujourd'hui, par un retour heureux,

Rentrer dans le devoir d'un mari vertueux.

Je veux bénir la main du sauveur de la France

Et graver dans mon cœur son acte de clémence.

Non, de Napoléon je n'oublierai jamais

Ce trait noble et sublime et ses nombreux bienfaits.

La France, sa patrie, à son cœur toujours chère,

S'agrandit sous ses lois et chaque jour prospère.

Grâce lui soit rendue !... Enfin je vais sortir

De ce maudit cachot où j'eus tant à souffrir.

(Apercevant Adèle qui pleure).

Mais que vois-je ? des pleurs ! Viendrais-tu, chère Adèle,

Viendrais-tu m'annoncer une triste nouvelle ?

ADÈLE.

Hélas ! ce pauvre enfant et ta femme en ces lieux
Ne viennent qu'en pleurant recevoir tes adieux !

L'INSURGÉ.

Mes adieux !... que dis-tu ? que viens-je donc d'entendre ?

L'AUMÔNIER.

Ecoutez-moi ; la chose est facile à comprendre.
Vous sortirez d'ici ; mais l'équitable ciel
Va vous accompagner sous un nouveau soleil.
M'avez-vous bien compris ?

L'INSURGÉ.

Oui.

L'AUMÔNIER.

Loin de la patrie
Un généreux décret vous accorde la vie.
Cayenne vous attend ; vous y serez sous peu.
Au revoir, cher ami, pensez toujours à Dieu.

L'INSURGÉ *prenant son enfant dans ses bras.*

O mon fils ! mon cher fils ! de ton malheureux père
Ecoute les conseils sous les yeux de ta mère :
Tu vas grandir, Alfred, j'en ai le doux espoir ;
Eh bien, d'un bon Français voici le seul devoir :
Fuis des mauvais partis l'aspect toujours perfide,
Et prends en grandissant tous mes malheurs pour guide.
Deviens un homme d'ordre ; honore ton pays ;
Sache bien qu'à ses lois tu dois être soumis.
La France toujours noble et toujours généreuse
De ses Napoléon est encor orgueilleuse ;
Elle entend du héros couché dans son cercueil
Ces mots : « O ma patrie ! O peuple plein d'orgueil !
« Où sont passés ces jours d'éternelle mémoire
« Qui montraient à l'Europe et mon titre et la gloire,
« Et qui, de l'Empyrée, éclairant l'univers,
« Portaient le nom français jusqu'au delà des mers ?

« Ils se sont éclipsés !... Eh bien, France intrépide,
« Louis-Napoléon peut te servir de guide.
« Respecte ses pouvoirs, honore son grand cœur,
« Il vient pour relever ta gloire et ton honneur. »

Oui, mon fils, ce grand nom, ce nom si populaire,
Fait encor notre honneur et notre propre gloire.
Adieu, mon cher Alfred ; plains le malheureux sort
D'un père que l'exil doit conduire à la mort.
Et toi, ma bonne Adèle !... adieu !... la Providence
Pourra peut-être un jour me rappeler en France.

Décembre 1852.

LES ADIEUX DE MADAME LA COMTESSE DE FÉVRIER.

Adieu patrie, adieu donc, belle France !
Il faut quitter maisonnette et château.
Allons, commis, vite à la diligence,
Portez ma malle et mon porte-manteau.
Fuyons Paris et cédons à l'Empire ;
A l'étranger courons verser des pleurs.
Adieu, Français que l'univers admire,
Napoléon a gagné tous les cœurs !

En nous quittant, France toujours chérie,
Embrassons-nous pour la dernière fois.
Ton empereur élu par la patrie
Va te donner de généreuses lois.
La main de Dieu bénira son empire
Et tarira la source de mes pleurs.
Adieu, Français que l'univers admire,
Napoléon a gagné tous les cœurs !

LA FRANCE.

Porte-toi bien, ma petite mignonne,
Nous préférons un empereur à toi.
Des mains du peuple il a pris la couronne.
Ah! c'en est fait, ne reviens plus chez moi!
Assez longtemps, sur ton char de licence,
Tu fus témoin de tous nos grands malheurs.
Adieu, madame, il faut quitter la France,
Napoléon a gagné tous les cœurs!

Allons, ma bonne, arme-toi de courage,
En ce bas monde il faut savoir souffrir:
Tu n'en es pas à ton premier naufrage,
L'histoire en a gardé le souvenir.
Puisqu'à l'exil le sort t'a condamnée,
Cesse à l'instant de répandre des pleurs.
Adieu mignonne et jeune infortunée,
Napoléon a gagné tous les cœurs!

UN COMMIS DES DILIGENCES.

Venez, madame, on part à l'instant même;
Gardez-vous bien de vous mettre en retard.
Là diligence en ce moment suprême
N'attend que vous pour presser son départ.
Quittez la France, ainsi le veut l'Empire,
Et dites-nous, pour calmer vos douleurs:
Adieu, Français que l'univers admire,
Napoléon a gagné tous les cœurs!

LA COMTESSE DE FÉVRIER.

Hélas! pour moi la France est rigoureuse!
Pour moi son cœur n'a plus que du mépris.
Naguère encor elle était si flatteuse
Et m'encensait dans les murs de Paris.
Ah! j'étais loin, aux beaux jours de ma vie,
De voir chez moi de faux adulateurs!

Adieu donc, France, adieu, chère patrie,
Napoléon a gagné tous les cœurs !

2 Décembre 1852.

LA NOCE DE VILLAGE.

Pour l'humble villageois que j'honore et respecte
La noce n'est rien moins qu'une pompeuse fête ;
C'est un jour solennel où les futurs époux
Eprouvent dans leurs cœurs le bonheur le plus doux.
Voyez—vous ce bon père aimé de sa famille
Conduisant à l'autel sa jeune et tendre fille,
Ses parents, ses amis, deux à deux par le bras,
Suivre la mariée et marcher sur ses pas ?
Eh bien ! c'est une noce, une noce au village,
Que chacun à l'envi salue à son passage.

Tout le monde est sur pied !... On se fait un plaisir
D'aller voir les amants que le ciel va bénir.
Plus blanche que les lys, et de fleurs couronnée,
Cette vierge est conduite au temple d'hyménée ;
Elle entre !.. Son amant vient lui prendre la main
Et tressaille à côté d'un ange aussi divin.
Le prêtre les bénit en cet instant suprême.
Ah ! quel heureux moment pour le couple qui s'aime !
Le nœud le plus sacré les unit pour toujours,
Et comble ainsi leurs vœux et leurs tendres amours.
C'en est fait, tout est dit, Alexandre, Emilie,
N'ont plus qu'à respecter le serment qui les lie !
Le cortége revient..... Mais que d'embrassements !
Que de souhaits, de vœux et de beaux compliments !
Autour des deux époux l'adulateur se presse,
Et chacun à son tour les flatte et les caresse.

Mais déjà sur la table on voit fumer les mets
Et mousser le nectar si cher à nos gourmets.
C'est l'heure du dîner ; c'est l'heure où le convive
Montre aux nouveaux époux la gaîté la plus vive.
Chacun se met en place et prend ses grands ébats,
Mange avec appétit et ne se gêne pas.
Enfin vient le dessert : son ordonnance exacte
Du repas copieux marque le dernier acte.
Le moment est venu..... chacun veut s'amuser,
Les vieux vont au café, les jeunes vont danser.
Dansez donc, Marcilly, vous dansez à merveille !
Vous êtes sur ce point le meilleur d'Egriselle.
Et vous, nouveaux époux, dansez la mazurka.
Allons, lancez-vous tous, cadencez la polka.
Pour moi qui ne suis plus à la fleur de mon âge,
Je garde un souvenir de la noce au village.

Nous allons, maintenant, donner à nos lecteurs un petit
échantillon de notre prose. Mais hélas ! prose et vers ne
valent pas mieux l'un que l'autre !...

Cependant, disons ici toute la vérité : quelques voix adu-
latrices se sont fait entendre jusqu'à nous. Nous avons reçu
des éloges sur notre petit ouvrage. Mais, peu sensible à
l'adulation, nous ne voyons qu'un seul mérite à notre œuvre :
c'est celui d'avoir été publié dans un but de bienfaisance.

LA CHAPELLE DE SAINT AGNAN.

LÉGENDE.

———

Dans un temps déjà bien loin de nous, Malay-le-Vicomte jouissait de l'heureux privilége de s'endormir et de s'éveiller chaque jour aux échos harmonieux de la mandore du berger Agnan.

Ce jeune pâtre, à la physionomie plus douce, plus agréable que celle d'un Adonis, se faisait admirer par ses vertus ; il passait pour un véritable prototype de sagesse. Son ame pieuse ne respirait le bonheur que dans la solitude et le silence.

Doué d'une rare intelligence, et inspiré, sans doute, par le Dieu des bergers, Agnan apprit seul, sans le secours d'un maître, la poésie et la musique. Il se vit bientôt l'égal des meilleurs troubadours de son siècle. Sa voix avait un charme divin. Tous les jours il charmait la campagne des sons mélodieux qu'il tirait de sa mandore ; et pendant qu'il chantait les fleurs du printemps sur le penchant d'une colline riante, Palès, son chien, surveillait son troupeau de chèvres et de moutons.

Le berger Agnan avait lu quelque part cette phrase philosophique : Combien d'esprits se sont élevés par le travail, même au-dessus des génies les plus sublimes ?... Et il se dit à lui-même : soyons le fils de nos œuvres. Il le fut en effet.

Un jour que son troupeau paissait tranquillement sur cette éminence de terrain qui se trouve à moitié chemin de Malay-le-Vicomte et de Maillot, une voix divine se fit entendre dans les airs :

— Agnan, lui dit-elle, le ciel attentif a prété l'oreille à tes concerts harmonieux ; il admire tes vertus ; mais le ciel qui te parle par ma bouche, désirerait que tu t'imposasses un sacrifice en son honneur.

Cette voix secrète ne produisit d'abord sur le cœur du jeune pâtre que la pression de la peur; mais s'arrachant bientôt à sa perplexité pénible, il répondit : « O voix céleste que je viens d'entendre! si le sacrifice que le ciel sollicite du berger Agnan n'est pas au-dessus de ses faibles moyens, il est prêt à le faire.

Ce sacrifice, reprit la voix invisible, est si léger que tu peux facilement te l'imposer.

— Eh bien, que dois-je faire?

— Une petite chapelle, ici, à l'endroit même où tu te trouves en ce moment. Ce monument religieux, fruit de ta munificence, perpétuera ta mémoire et rappellera aux siècles futurs la grandeur de ton ame vertueuse; cette chapelle aura pour patron saint Agnan.

— Oh! je serai fier et glorieux d'attacher mon nom à la maison du Seigneur, à ce monument immortel, s'écria Agnan, dans le paroxisme de sa joie! cet édifice sera érigé avant un mois : le berger Agnan en fait le serment le plus inviolable en présence du ciel qui t'a envoyée auprès de moi !..

Et, au même instant, il vit sortir du bois de Saint-Agnan un vieillard pâle et amaigri; sa taille était haute, sa démarche grave et pleine de noblesse; ses yeux, surmontés d'un sourcil épais, étaient vifs et pénétrants; une barbe d'anachorète lui descendait sur la poitrine. Ce vieillard était vêtu d'une robe plus longue et plus blanche que celle que portait Termosiris dans le temple d'Apollon S'étant gravement approché du berger Agnan, cet homme mystérieux lui dit d'une voix accentuée :

— Jeune pâtre, la vie pastorale que tu passes sur ces riants coteaux est plus délicieuse que celle des rois. Tu n'as autour de toi que ce chien fidèle, tes chèvres et tes brebis qui, certes, ne te trahiront pas. Mais les monarques, les puissants de la terre sont entourés d'adulateurs serviles qui ne flattent leur vanité et leurs caprices que pour les perdre plus sûrement.

Je dois te dire maintenant que je suis témoin de la belle promesse que tu viens de faire à cette voix séraphique qui te parlait sous la voûte éthérée; et que je te crois trop vertueux pour oser penser que tu lui as fait une promesse fallacieuse.

Oui, jeune berger, tu bâtiras ta chapelle; c'est pour toi un devoir sacré.

— Vénérable vieillard, répondit Agnan, dès demain je poserai la première pierre de cet édifice modeste ; mais qui êtes-vous donc? je ne vous connais pas; on ne vous a jamais vu dans nos contrées.

— Naguère, reprit le vieillard en caressant de sa main droite sa splendide barbe blanche, non loin d'un trône vermoulu de despotisme, affectant des manières obséquieuses, je remplissais l'office de thuriféraire; j'encensais mon idole pour mieux flatter ses sens et son orgueil. Mais aujourd'hui, pauvre anachorète, j'erre çà et là à travers les aspérités de ce bois pour accomplir un vœu; tu m'entends, jeune pâtre, un de ces vœux sacrés qu'on ne fait qu'une fois dans la vie... plus tard je t'achèverai mon histoire.

Et le vieillard, s'emparant de la mandore d'Agnan, chanta en l'honneur de la chevalerie d'une manière admirable; puis, rendant l'instrument au berger stupéfait, il rentra mystérieusement dans le bois d'où il venait de sortir.

Cette disparition aussi brusque que mystérieuse laissa Agnan dans le vague de mille conjectures : Est-ce un poète persécuté par la fortune? un troubadour frappé d'hallucination? un malfaiteur déguisé? un pélerin qui, pour accomplir un vœu, s'abandonne à toutes les austérités d'une vie d'anachorète?

Telles étaient les réflexions qui se succédaient dans la tête du vertueux Agnan.

Un mois plus tard, la chapelle de Saint-Agnan fut bâtie...

Il n'est pas besoin d'être versé dans la science iconographique pour faire la description exacte de ce monument de forme hétéroclite. L'aspect de cette chapelle est d'une simplicité rustique : on n'y voit ni cloche ni vitrage. Quant à l'ornementation de son intérieur, il consiste tout simplement en un autel, la statue du berger et son chien. Les iconoclastes n'y trouveraient pas un tableau à lacérer, ni les iconolâtres une image à vénérer. Cette chapelle est fort petite. Eh bien ! disons comme Socrate : Plût à Dieu que nous la vissions remplie de vrais fidèles !...

Si les Indiens ont une vénération profonde pour la sainte pagode de Jagrena, il faut dire aussi qu'Agnan était idolâtre de sa chapelle ; il ne passait pas un jour sans aller s'y agenouiller devant l'autel. Il remerciait la voix divine qui l'avait si heureusement inspiré et chantait en son honneur sur sa mandore.

Mais Agnan apprit bientôt que chaque jour, après que Phébus était rentré dans sa couche occidentale, et que l'étoile du soir qui brille dans le ciel azuré en même temps que le crépuscule à l'horizon, achevait son mouvement acronyque, un homme de mauvaise augure s'y introduisait et y passait ses nuits. Agnan se plaignit si haut de cette profanation du saint lieu, qu'à sa voix les habitants de Malay-le-Vicomte s'assemblèrent dans la grande cour d'une hôtellerie, pour se concerter sur les moyens à prendre pour se saisir du profanateur.

— Cet homme, dit le berger Agnan au milieu de la foule, ne peut être dans ma pensée qu'un hérésiarque dont l'hétérodoxie coupable appelle sur lui le supplice du feu !

— Oui, oui, répondit la foule indignée, c'est un malfaiteur, c'est un mauvais génie, un sorcier peut-être qui pourrait bien un jour nous rendre victimes de ses maléfices; nous le condamnons à être brûlé vif!...

Et il fut décidé qu'on irait le même jour, vers minuit, s'emparer de cet esprit malin.

Au moment où la foule incompétente prononçait la sentence fatale contre le prétendu sorcier, deux coursiers fringants, richément caparaçonnés, arrivèrent à toutes brides à la porte cochère de l'hôtellerie. C'était un fier et jeune chevalier suivi de son écuyer ; son armure était belle et tout étincelante. Il porta sur la foule, qui lui livra passage, un regard inquisiteur et plein de feu ; son air martial semblait devoir commander le respect.

L'hôtelier courut aussitôt à la bride des deux destriers tout couverts de poussière et d'écume, et les mit dans sa plus belle écurie, après quoi il conduisit son seigneur et maître dans son appartement.

— Maître hôtelier, dit le chevalier, je ne resterai chez toi que deux jours seulement.

— Pendant tout le temps que vous resterez ici, seigneur suzerain, vous pouvez croire que votre serviteur ira au-devant de tout ce qui pourra vous faire plaisir.

— Très-bien ! reprit le preux ; mais que signifie cette foule tumultueuse que je viens de voir dans la cour ?

— Ce sont, seigneur chevalier, des hommes qui se préparent à marcher cette nuit sur la chapelle de Saint-Agnan, pour procéder à l'arrestation d'un homme mystérieux qui, depuis quelque temps, s'y introduit clandestinement pendant la nuit.

— Eh bien ! tu vas dire à ces braves paysans que je marcherai à leur tête, car, vois-tu, je ne serai pas fâché de rompre une lance contre l'omoplate de Lucifer. Va, et dis au berger de ton village que je l'attends ici avec sa mandore.

L'hôtelier courut prévenir le peuple-juge que le chevalier marcherait à sa tête, et dit à Agnan que le paladin l'attendait avec sa mandore.

Agnan ne se fit pas attendre longtemps ; il fut bientôt en présence du guerrier errant.

— Jeune pâtre, lui dit le chevalier, ta renommée colossale est venue jusqu'à moi, et comme j'ai toujours aimé à me faire le rémunérateur du génie et de la vertu, j'ai voulu te voir pour te témoigner toute ma satisfaction. Je sais que tu as érigé une chapelle en mémoire de la Religion ; cette belle et pieuse action était digne de toi, le ciel t'en récompensera. Je sais aussi que tu es un maître en Apollon, un mélomane hors ligne, je t'en fais mon compliment.

— Ah! seigneur chevalier, répondit Agnan confus et étonné de s'entendre préconiser par un si haut personnage, je ne me croyais pas digne de tant d'honneur! je vous remercie.

— Maintenant, reprit le chevalier en souriant gracieusement, tu vas nous donner une ballade, cela me fera plaisir, car, je dois te le dire, mon père, le chevalier d'Exéa, que je cherche depuis quinze ans par monts et par vaux, était comme toi, troubadour, poëte et musicien.

Agnan chanta les excursions d'un chevalier qui cherche son père. Sa voix, plus douce, plus harmonieuse que celle d'Achiotas, charma le généreux chevalier, qui lui mit dans la main une poignée de pièces d'or et le congédia en le félicitant sur ses talents de vocalisation.

La nuit venue, le chevalier se mit à la tête des villageois qui s'étaient armés de pied en cap, et marcha sur la chapelle de Saint-Agnan. Le berger fondateur faisait partie de cette expédition nocturne.

La lune parvenue au zénith brillait de tout son éclat et éclairait la marche.

Dès que la bande superstitieuse fut arrivée à une certaine distance de la chapelle, le chevalier fit ralentir la marche, et surtout, dit-il à cette troupe de fanatiques, silence par Harpocrate!...

En arrivant sur le terrain, le guerrier ne vit d'autre stratagème à employer que celui de faire cerner la chapelle. Cela fait, il s'approcha doucement de la porte d'entrée, suivi d'Agnan et de quatre hommes, puis prêta l'oreille pour écouter ce qui se disait dans l'intérieur. Soudain une voix lugubre, s'élevant par degré sur l'échelle chromatique, fit entendre les premiers mots de cette hymne à la Sainte Vierge : « *Stabat mater dolorosa, — Juxta crucem lacrymosa!...* »

Entrons, dit le chevalier d'un ton péremptoire !... Et il ouvrit la porte toute grande.

Un vieillard affublé d'une longue robe blanche s'offrit à sa vue : il était à genoux devant l'autel.

Le chevalier tira sa flamberge, s'avança vers lui :

— Fantôme hétérodoxe et plus mystérieux que les prêtres des premiers âges, lui dit le preux en le menaçant, l'heure indue que tu choisis pour violer le sanctuaire du Dieu vivant est l'heure des profanateurs qui ne trouvent leur salut que dans leurs cérémonies sacriléges ; suis-moi, le bûcher enflammé est là qui t'attends !...

Le vieillard se lève, puis se retournant vers son redoutable antagoniste, lui répond avec tout le dédain d'un homme fort de sa conscience :

— Seigneur paladin, sachez que je ne viens dans cette chapelle que pour y accomplir un vœu sacré, et non pour m'y livrer à un acte de profanation ! Je regrette, pour votre honneur de chevalier, que la superstition vous aveugle au point de mettre flamberge au vent pour menacer un pélerin inoffensif et vertueux.

Le berger Agnan a reconnu le vieillard mystérieux.

— C'est vous, vénérable vieillard, lui dit-il, c'est vous qui me vantiez si philosophiquement la vie pastorale et qui avez chanté sur ma mandore d'une manière merveilleuse, c'est vous que je retrouve ici !... Ah ! je ne sais ce que je dois augurer de vos démarches mystérieuses !

Puis, jetant les yeux sur la flamberge du guerrier :

— Chevalier, continua-t-il, peut-être que la superstition nous égare ; je sens dans le fond de mon ame quelque chose qui me dit que, pour notre honneur, nous ferions bien de respecter les jours de ce malheureux vieillard.

— Non, non, dit le chevalier, il ne faut pas que ce mauvais génie soit épargné ! Voyez cette mine sinistre, ce regard sauvage ; tout dans son être grossier annonce un esprit infernal échappé du Tartare pour lancer ses maléfices sur l'espèce humaine.

— Quoi ! s'écria le vieillard en hochant la tête avec un air de pitié, dans mon jeune temps la chevalerie était l'élite de la nation ; on ne parvenait à cette dignité qu'autant qu'on avait fait preuve d'une valeur guerrière ; il fallait porter dans son enveloppe une ame magnanime et un cœur noble et généreux !... Mais, seigneur paladin, je ne vois en vous que le chevalier du fanatisme et de l'infatuation.

— Misérable ! tu m'insultes ! Paysans, emparez-vous de ce téméraire.

Quatre hommes le saisirent incontinent et le portèrent malgré lui en face du bûcher qu'ils avaient préparé pour le supplice. A l'aspect des flammes dévorantes, le pèlerin, sans froncer le sourcil, leur dit d'une voix ferme :

— Lâches ! ce sont vos mains impies qui ont allumé cet infernal bûcher, et vous croyez que ces flammes ont assez de puissance pour m'intimider ! détrompez-vous, hommes superstitieux, je ne crains pas plus la mort que je crains cette flamberge ; ce n'est pas d'aujourd'hui que j'ai su la braver en face.

— Qu'on lui attache les quatre membres, dit le paladin, et qu'on le jette sur le bûcher.

— M'attacher les membres ! répondit le vieillard avec ironie, me prenez-vous donc pour un homme timoré ? Retirez-vous, je ne vous vois ici que comme les filles de Pélias, qui, parricides et sanglantes, jetaient avec joie les membres palpitants de leur père dans leur chaudière magique. Ne me suffit-il pas, insensés que vous êtes, de savoir que je vais offrir mon corps en holocauste au Dieu des chrétiens pour mourir sans crainte, oui. Eh bien ! regardez-moi !...

Et il se mit à genoux, fit une courte prière, et d'un bond s'élança dans les flammes. Mais Agnan, le retenant d'un bras nerveux, lui dit :

— Vieillard vénérable et courageux, vous me devez le complément de votre histoire...

— Oui, oui, je te l'ai promis, mais, vois-tu, dans l'im-
patience de prouver à mes bourreaux que je ne crains pas
leurs flammes, j'oubliais ma promesse. Eh bien! écoute:
La voix qui t'a parlé n'est point celle d'un ange envoyé du
ciel: cette voix, c'était la mienne; passons. Il y a quinze
ans, j'eus la malheureuse idée d'abjurer la religion catho-
lique pour me faire le sectateur de Bruys; j'avais deux fils,
chevaliers comme moi...

— Vous êtes un chevalier? s'écria Agnan avec respect.

— Ne m'interromps pas, écoute-moi toujours: deux fils
pleins d'ardeur et de courage; ils étaient à la cour de
Zénaïre, reine de Provence. Et lorsque les Bozons tentèrent
de reconquérir leur couronne légitime sur la tête de l'usur-
patrice, de l'altière fille de Raymond, la guerre, consé-
quence funeste, inévitable, s'alluma aux quatre coins de la
Provence, si bien qu'un jour, ô fatalité des armes?... si bien
qu'un jour, dis-je, me trouvant dans une bataille sanglante
au milieu d'un tourbillon de fumée et de poussière, j'en-
fonçai ma lance dans le flanc d'un jeune chevalier qui vint
tomber à mes pieds baigné dans son sang. Fier de ma victoire, je voulus voir les traits du guerrier que je venais
d'abattre; alors, je relevai sa visière... O surprise! ô terreur!
que vis-je? mon fils, mon propre fils, Achille d'Exéa!.....
Généreux fils, il respirait encore. Et, levant les yeux sur
moi par un mouvement convulsif, il reconnut la main homicide qui venait de lui donner la mort!...

Quoi! me dit-il, en faisant sur lui un effort surhumain,
mon père! malheureux! c'est vous qui m'avez tué! c'est
vous qui, devenu honteusement et malgré vos deux fils
Machinéen, tournez vos armes contre vos propres enfants.
Ah! voilà où vous a conduit votre changement de religion!
Que Dieu vous pardonne votre erreur comme je vous par-
donne moi-même le coup que vous venez de me donner.
Mais, ô malheureux père! avant que j'aie exhalé mon der-
nier soupir, promettez-moi solennellement, en présence de
Dieu et de la mort qui est là qui m'attend, de revenir à la

religion de vos pères, à cette religion dans laquelle je meurs sur le champ d'honneur !

— Je te le promets, Achille, lui répondis-je, et crois bien, mon ami, qu'aucune puissance humaine ne pourra me faire violer mon serment.

— C'est bien, mon père, me répondit-il d'une voix éteinte; j'emporte dans la tombe cette heureuse conviction.

Et il exhala son dernier soupir dans mes bras.

— Voilà, mon brave Agnan, toute mon histoire... A moi maintenant à mourir; je vais rejoindre Achille.

Et il s'élança de nouveau sur le bûcher ardent. Mais le preux chevalier, qui n'avait pas perdu une syllabe du récit du vieillard, le retint en s'écriant :

— Mon père ! arrêtez, je vous retiens ; le vieux chevalier d'Exéa ne mourra point. Quoi ! c'est vous que je retrouve en ces lieux ! Ah ! mon cœur déborde, il n'est pas assez grand pour contenir toutes les émotions que votre présence me fait éprouver !... Eh bien ! répondez-moi, reconnaissez-vous Edmond, votre fils ? reconnaissez-vous le frère d'Achille?

Le vieux chevalier porta les yeux sur son fils et le reconnut à la lueur des flammes.

— Toi !... oui !... je ne me trompe pas !... c'est Edmond, ô mon fils ! que le ciel soit béni !...

Et ils s'embrassèrent avec effusion. Edmond, cassant sa flamberge sur son genou, en jeta les tronçons dans les flammes en disant :

— Arme parricide, je t'ai tirée contre mon vieux père ; tu n'és plus digne de rentrer dans ton fourreau, va, subis à sa place le supplice du feu !

Et les hommes superstitieux qui étaient venus pour le livrer aux flammes comme sorcier, se jetèrent à ses genoux pour lui demander pardon. Le vieillard leur dit d'un ton affectueux :

— Relevez-vous, je vous pardonne; mais à l'avenir ne vous laissez pas dominer par une vaine superstition.

— Eh bien! mon père, reprit le chevalier Edmond, vous allez quitter cette robe.

— Oui, Edmond, oui, je vais la quitter, je n'en ai plus besoin, car c'est aujourd'hui même que mes quinze années de pèlerinage sont accomplies.

Et il ôta sa longue robe blanche avec un sentiment de respect, puis il la donna à l'un de ces hommes qui l'enlevèrent de la chapelle en lui disant:

— Garde-là, elle te portera bonheur. Demain, ajouta-t-il, nous partirons pour la Provence; je rentrerai dans mon castel de Sifour, non pas pour y reprendre l'armure de chevalier, devenue trop pesante pour mon âge, mais pour y passer le reste de nos jours dans la vie privée et le repos.

Et toi, Agnan, puisque ta chapelle m'a servi d'asile, mon castel doit à son tour te servir de demeure; tu vas quitter tes troupeaux pour venir avec moi. Une fois installé au manoir, tu n'auras rien à faire qu'à me chanter le bonheur d'un vieux père qui retrouve son fils, et d'un fils qui retrouve son père après quinze ans d'absence.

— Ah! noble chevalier, c'est un trop grand bonheur pour le berger Agnan! Mais je n'ai rien à vous refuser; j'accepte et je vous dis mille fois merci!!!

UN FRATRICIDE INVOLONTAIRE.

Bon, bon, Napoléon
Est de retour en France !

Ce refrain patriotique retentissait du nord au sud de la France et charmait l'aigle impérial qui, dans son essor hardi, revenait de l'île d'Elbe, de clocher en clocher, s'abattre sur les tours de Notre-Dame, lorsque deux hommes s'acheminaient tristement sur la route de Courtenay à Montargis. Le temps était superbe ; la nature venait de reprendre sa riche parure de printemps.

L'un de ces hommes, le père Torlotin, pouvait avoir une soixantaine d'années ; le jeune homme qui marchait à ses côtés, le sac sur le dos, était le dernier de ses fils, qui se rendait sous les drapeaux, où le sort l'appelait.

— Allons, mon pauvre Jacques, dit le père Torlotin à son fils, je n'irai pas plus loin, je te quitte : arme-toi de courage, que diable !... tous ceux qui vont à la guerre n'y tombent pas sous les coups des ennemis... Va, mon garçon, va ; quand tu seras arrivé au régiment, tu m'écriras.

— Oui, mon père, je vous donnerai souvent de mes nouvelles.

— A la bonne heure..... Oh ! tu ne feras pas comme ton frère Antoine, toi, tu ne resteras pas vingt-deux ans sans m'écrire. Tu ne l'as pas connu, mon pauvre Jacques, car tu étais encore au berceau lorsqu'il s'échappa du toit paternel pour courir, en sa qualité d'enrôlé volontaire, se ranger sous la bannière républicaine.

Avant de te quitter, il te prit sur ses genoux, puis couvrant ta petite joue rosée d'un baiser purement fraternel, il

te dit : « Adieu, mon petit Jacquot, la patrie m'appelle, ton
« tour viendra dans une vingtaine d'années ; mais en atten-
« dant, hâte-toi de grandir sous les yeux de ton père et de
« ta mère... Adieu, peut-être que je ne te verrai plus. »

Et il partit, bouillant et courageux comme Achille, plus
fier qu'Ajax et plus impétueux que Diomède : dangers,
périls, obstacles, rien ne pouvait l'intimider.

Ah ! un heureux pressentiment me dit que je le reverrai.
Oui, je reverrai ton frère Antoine ; je le reverrai avec les
épaulettes d'officier ou la croix des braves ; et toi aussi,
Jacques, je te reverrai bientôt... Allons, c'est dans cette
douce espérance que nous allons nous séparer.

Jacques sauta au cou de son père, le pressa avec effusion
sur son cœur. Adieu, mon père, lui dit-il en sanglottant,
pensez à moi.

— Sois tranquille, ta mère et moi, nous ferons des vœux
pour ton bonheur.

Et ils se quittèrent en proie à leurs pénibles émotions.

Jacques n'a pas marché longtemps isolément. A peine
avait-il fait un quart de lieue, qu'un monsieur assis sous le
frais ombrage d'un noyer, se lève et l'aborde franchement.
Ce monsieur à la tenue élégante, à la physionomie noble et
gracieuse, n'avait que de l'antipathie pour ce refrain populaire qui annonçait au peuple et à l'armée l'arrivée de l'Empereur aux Tuileries.

— Jeune homme, lui demanda-t-il, où allez-vous ?

— Au chef-lieu, répondit Jacques en essuyant ses yeux
encore humides.

—' Ah ! je comprends, vous êtes sans doute un de ces
tendres agneaux qu'on envoie à la boucherie pour être im-
molés en l'honneur de la rentrée en France du grand despote ?

— Je pars comme jeune soldat.

— Je m'en doutais. Eh bien ! nous ferons route ensemble.

— Bien volontiers, monsieur, dit Jacques avec cette
bonhomie qui le caractérisait ; votre compagnie ne me sera

pas désagréable ; je viens de faire mes adieux à mon pauvre père, et mon cœur a besoin de distraction.

— Ah ! reprit le monsieur élégant avec indignation, je sais que quitter un père pour aller se repaître de sang sur un champ de bataille, est un instant bien douloureux... Mais patience, l'aigle du tyran tombera de nouveau sous les armes des puissances alliées ; l'étoile du corse filera cette fois pour ne plus reparaître à l'horizon ; c'est une vérité que nul ne saurait révoquer en doute.

Jacques ne comprenait rien aux épithètes plus ou moins grossières que ce monsieur prodiguait à la personne de l'Empereur.

— Monsieur, lui dit–il d'un ton plein de politesse, voudriez-vous me dire qui vous êtes ?...

— Qui je suis ! interrompit le beau voyageur, ah ! cette question m'allume le sang !... Il y a quelques jours, j'étais un personnage important sur la scène politique ; mais aujourd'hui que le tyran s'est échappé de son île, je suis redescendu au rang de simple bourgeois. En perdant mon auguste roi, j'ai tout perdu !... Oh ! il reviendra ; car, avant peu, les cris frénétiques de: Vive l'usurpateur ! seront comprimés par les armes. Mais, que vois-je là-bas sur la route ?... un vieux soldat qui vient à notre rencontre !... Cessons de parler de l'Empereur, car ces troupiers fanatiques, ces vieux soldats qui ne rêvent que carnage et butin, ne sont pas d'humeur à tolérer la critique à l'endroit de leur empereur.

Ce vieux soldat était un grenadier de la vieille garde, décoré de la croix de la légion-d'honneur; il avait une jambe de bois. Sa longue moustache grisonnante donnait à sa physionomie un air martial. Son front, couvert de nobles cicatrices, prouvait d'une manière irrécusable qu'il avait bien mérité l'étoile des braves.

Arrivé à cinquante pas des deux voyageurs, le grenadier fit un moulinet avec sa canne, doubla le pas et se mit à chanter le joyeux refrain :

> Bon, bon, Napoléon
> Est de retour en France.

— Halte-là, les anciens, leur cria-t-il en les abordant !
Vous m'avez l'air de deux conscrits,

— Pardon, monsieur, il n'y a que moi qui le suis, répondit Jacques.

— Pas de *monsieur*, s'il vous plaît, reprit le grenadier ;
sachez que je suis un grognard de la vieille garde et que je
veux qu'on m'appelle *grenadier* !...

Jacques ne s'attendait pas à une pareille apostrophe ; il
s'excusa d'avoir, par inadvertance, froissé l'orgueil du
vieux soldat.

— Eh bien, grenadier, reprit-il, je suis, comme vous le
dites, conscrit ; je vais me ranger sous les drapeaux ; quant
à ce monsieur, il n'est que voyageur, et nous faisons route
ensemble.

— Ah ! ah ! ça se voyait sur ta figure !...

> Bon, bon, Napoléon
> Est de retour en France !

Mille noms d'une carabine ! j'espère, mon vieux, que tu
t'allongeras à côté du petit bonhomme, et que tu en expé-
dieras quelques-uns dans le royaume de Pluton !... Mais,
dis-moi, conscrit, est-ce que tu ne connais pas l'usage ?...
Quand on fait la rencontre d'un grenadier de la garde, on
doit lui rincer le bec d'un verre de dur.

— Je veux bien, grenadier, me conformer à cet usage ;
mais il n'y a pas d'auberge ici.

— C'est vrai, dit le vieux soldat, mais Montargis n'est
qu'à deux pas, et ma foi je bas en retraite ; en avant pour
Montargis ! Ainsi, mon vieux, tu vas t'allonger pour un
dîner ! tu m'entends ? un dîner soigné !...

> Bon, bon, Napoléon
> Est de retour en France !

Et vous, monsieur le bourgeois, vous serez des nôtres ?

— Volontiers, grenadier.

— Eh bien ! chantez donc.

— Si je chantais, je ne pourrais vous chanter qu'une chanson qui ne vous serait qu'antipathique, et je préfère me taire.

En arrivant à Montargis, le grenadier s'arrêta devant une auberge qui portait pour enseigne : *Au grenadier de la vieille garde*. Entrons ici, les amis, dit-il en frisant sa moustache. Ils se mirent à table, et bientôt un dîner copieux leur fut servi. Le vieux soldat et le royaliste mordaient à belles dents ; mais Jacques, en proie à ses chagrins, n'était pas en appétit.

— Eh bien ! camarade, dit le grenadier au conscrit, est-ce que tu ne dis pas deux mots à ce gigot ?

— Non, grenadier, car je n'ai ni faim, ni soif.

— Alors, verse-nous à boire..... A la bonne heure ! à ta santé, mon vieux.

— Merci, grenadier.

— Ah ça ! le papa ne t'aura pas laissé filer les poches vides, ce n'est pas l'ordonnance.

— Mon père n'est pas riche, il n'a pu me donner que quatre-vingts francs.

— Quatre-vingts francs ! s'exclama le vieux soldat, sais-tu bien que je suis parti, moi, avec la moitié de cette somme, et que j'ai fait mon chemin tout comme un autre ! Mon père n'était pas riche non plus, et avec cela que je lui laissais un mioche, tu me comprends ? un petit frère au berceau... Mais dites donc, les amis, voilà un petit crû qui n'est pas piqué des hannetons ; ça vous chauffe crânement la panse. A boire, conscrit !...

Bon, bon, Napoléon
Est de retour en France !

Jacques ne s'était jamais trouvé en telle compagnie ; il s'étonnait de voir dans ce vieux soldat la soif de Tantale, et le royaliste méprisait intérieurement le langage pittoresque du vieux serviteur de l'empereur.

— Nous disons donc, conscrit, que le sort t'appelle sous les drapeaux. Eh bien ! écoute : quand tu seras en faction, tu veilleras au grain. Si un Russe ou un Prussien venait rôder autour de ton poste, tu crieras : Qui vive ! en escamotant l'arme en un temps et deux mouvements, et si l'on ne te répond pas, tu fais feu, et..... salut, mon vieux, pars pour l'autre monde ! Voyons, me comprends-tu ?

— Parfaitement, grenadier.

— A la bonne heure !... Quand tu seras à la manœuvre, tu resteras immobile comme les Pyramides. Quand le grand homme passera la revue de l'armée, tu auras soin d'arriver carrément sur les rangs et bien ficelé. Quand un chef te dira : va te faire tuer, tu n'hésiteras pas, tu iras te faire tuer sans trembler !... Retiens bien ce que je te dis..... A boire, conscrit !

> Bon, bon, Napoléon
> Est de retour en France !

Le magnétisme n'eût pas agi plus puissamment sur l'ame du pauvre Jacques, que les paroles peu rassurantes du vieux grenadier. — Va te faire tuer, se répétait-il en lui-même, ah ! c'est un peu fort !...

— Eh bien ! monsieur le bourgeois, dit le vieux soldat en relevant sa moustache qu'il venait de plonger dans son verre, est-ce que par hasard l'arrivée du grand homme aux Tuileries ne vous chatouillerait pas un peu le cœur ?

— Non, grenadier ; j'eusse préféré, pour le repos de la France, que l'usurpateur et les siens restassent dans l'île d'Elbe.

Le vieux soldat bondit sur sa chaise comme un lion furieux qui va fondre sur sa proie.

— Usurpateur ! dis-tu, misérable ! tu oses profaner ce grand nom à la barbe d'un de ses vieux grognards.

— Je dis usurpateur, parce que cet homme pouvait, avec son grand génie, se faire un nom immortel et assurer le repos de l'Etat en replaçant les Bourbons sur le trône; mais son ambition lui a fait concevoir le dessein de s'en emparer, et il nous a plongés dans une série de désastres en se perdant lui-même. La paix, si longtemps désirée, avait rendu des bras à l'agriculture ; le commerce reprenait son essor sous les auspices d'un gouvernement doux et modéré, et voilà que votre grand despote vient tout renverser !...

— Infâme ! cesse de prodiguer tes viles épithètes, ou je cède à mon indignation.

— Cédez, monsieur le grenadier, nous ne vous craignons pas.....

— Ah ! tu ne me crains pas, ajouta le vieux soldat en tirant un pistolet de sa poche ! eh bien ! tu vois que je ne m'embarque pas sans biscuit. C'est avec cette arme que je mets à la raison les royalistes qui osent élever la voix contre mon empereur.

Le royaliste, tirant aussi de l'une de ses poches un superbe pistolet, le présenta au grenadier en lui disant avec fermeté : Et moi, grenadier, c'est avec celle-ci que je me bats en duel avec les vieux soldats en démence. Si tu ne crains pas de te battre pour ton empereur, je te prouverai, moi, qu'un royaliste peut sacrifier sa vie pour la cause de son roi.

— C'est bien, dit le vieux soldat en armant son pistolet ; marchons, courons vider la querelle.

A l'instant où nos deux champions se levaient de table, le grenadier se sentit arrêter par un bras nerveux :

— Halte là, camarade ! on ne se bat pas chez moi.

C'était l'aubergiste qui venait d'entrer. Cet homme avait, comme le grenadier, une jambe de bois et la croix sur la poitrine.

Le vieux soldat reconnaît son ancien camarade.

— Ah ! c'est toi, l'Invincible ?...

— Moi-même, répondit l'aubergiste... Mais, que vois-je ?.. Dur-à-cuire !... oui, oui, c'est toi, je te reconnais, je ne me trompe pas, mille mitrailles ! les amis se retrouvent toujours.

Bon, bon, Napoléon
Est de retour en France !

Les deux vieux camarades s'embrassèrent avec effusion, des larmes de joie tombèrent simultanément de leurs yeux. A cette scène attendrissante, Jacques sentit disparaître son inquiétude. Dur-à-cuire, désarmant son pistolet, dit avec dédain : au fait, tuer un royaliste, ça ne vaut pas le coup.

— Vous avez raison, grenadier ; vous êtes généreux, répondit le royaliste. Eh bien ! je veux l'être aussi, moi, généreux : ce jeune homme a besoin de son argent, je ne veux pas que ce dîner lui coûte un centime ; tenez, monsieur l'aubergiste, voici vingt francs pour la dépense que nous faisons chez vous, et vous, jeune soldat, qui n'emportez que quatre-vingts francs, acceptez ces deux pièces d'or, et souvenez-vous que je vous ai dit la vérité.

Et il sortit, laissant là les deux vieux soldats et le pauvre Jacques tout étonné de la munificence d'un homme qu'il n'avait pas l'honneur de connaître.

— Eh bien, mon brave, te voilà donc aubergiste ?

— Que veux-tu, mon cher Dur-à-cuire, dit l'Invincible, avec mes 250 francs de pension, il n'y avait pas gras ; il m'a fallu travailler. Mais les Invalides sont là pour un coup ; si le travail me fatigue, je m'y rendrai.

— Tu auras raison, nous y avons notre place. Moi, je m'y rends directement.

— Eh bien ! je ne tarderai pas à t'aller rejoindre.

— A la bonne heure ! car vois-tu, l'Invincible, deux frères d'armes tels que nous ne se quittent qu'à la mort. Mille noms d'une bataille ! il n'y aura pas plus heureux que nous ; nous parlerons avec orgueil de ce même boulet qui nous a emporté à chacun une jambe, et de cette même main, celle de l'Empereur, qui nous a décorés le même jour sur le champ de bataille..... A boire, conscrit, c'est le royaliste qui paie.

Bon, bon, Napoléon
Est de retour en France !

— Allons, Dur-à-cuire, dit l'Invincible, il se fait tard, il faut s'aller coucher ; tu as besoin de repos, et ce jeune conscrit aussi. Tiens, voilà la chambre, vous coucherez vous deux dans le même lit.

—— Très-bien !... et, maintenant, bonsoir, mon vieux camarade.

— Bonne nuit, dormez bien.

En entrant dans sa chambre, le vieux soldat fut enchanté d'y voir le buste de l'empereur. Un fusil de chasse encore chargé était accroché à la tête du lit.

Dès qu'ils furent couchés, la vapeur du sommeil ne tarda pas à fermer leurs paupières. Un beau clair de lune pénétrait dans la chambre par une large croisée qui donnait dans la cour. Minuit venait de sonner lorsque le grenadier, encore agité, se mit à rêver.

—— Ah ! j'ai l'œil au guet, disait-il... mais... non, non, je ne me trompe pas, c'est l'armée de Blücher qui marche sur la redoute..... Grenadier, veille au grain !... Allons, ça va chauffer... Cré coquin, moi qui suis ici en sentinelle perdue, je ne voudrais pas répondre de ma peau... Qui vive !

Et en même temps il saute au bas du lit, s'empare du fusil et se promène dans la chambre l'arme au bras. Il était pour la première fois dans un état de somnambulisme.

Jacques s'était éveillé en sursaut, et, voyant un fusil aux mains d'un somnambule, il osait à peine respirer, tant il craignait de réveiller le vieux soldat enthousiaste.

Ah ! cette fois le grenadier apprête l'arme.

Qui vive !... Répondez, ou je fais feu. Qui vive !.. Soudain il couche en joue : l'embouchure du canon n'est qu'à deux doigts du malheureux Jacques, qui se voit entre la vie et la mort.

— Mon dieu, se disait-il, je suis un homme perdu ! Mais s'il pouvait me manquer, quel bonheur !... mais non, il ne me manquera pas. Je vais mourir d'une mort bien malheureuse ! Adieu, mon père, adieu, ma bonne mère, ma vie ne tient qu'à un fil.

O bonheur ! le somnambule vient de redresser son arme.
Jacques est hors de tout danger ; mais, vain espoir ! Jacques
qui devrait s'élancer en ce moment sur le vieux soldat pour
lui arracher son fusil , reste là sous sa couverture dans des
trances horribles ; il attend la mort comme le patient qui
voit le glaive suspendu sur sa tête , et , dans cette cruelle
attente, il implore la protection de Dieu.

Le vieux soldat prend une attitude imposante ; ses muscles
se contractent, il enroule sa longue moustache autour de
son doigt comme pour braver l'ennemi.

— Mille noms d'un boulet, dit-il, si une balle autrichienne
se permettait de venir friser cette barbiche, je ne voudrais
plus porter le surnom de Dure-à-cuire... Eh ! eh ! j'entends...
ah ! c'est cet enragé Blucher qui vient nous surprendre dans
notre camp. Sentinelle , fais ton devoir , le salut des camarades est entre tes mains.... Qui vive !... Oh ! oh ! personne
ne me répond, alors envoyons-leur ce petit pruneau. Il
couche en joue de nouveau, et, comme tout-à-l'heure, le
bout du canon est dirigé contre l'infortuné Jacques.

Aux cris des: Qui vive ! qui retentissaient dans sa maison,
l'aubergiste accourt, ouvre la porte. Oh ! fatalité du sort !
le fusil part: Jacques a reçu la décharge dans le côté gauche.
Il est baigné dans son sang et pousse des cris perçants.

Le somnambule est tombé sans connaissance, comme
frappé d'apoplexie. Les voisins arrivent en foule pour être
témoins de cette scène de malheur. Un médecin , averti de
cet événement, s'est transporté immédiatement sur les lieux;
mais hélas ! il a déclaré la blessure mortelle : tous les secours
de son art sont impuissants. Jacques n'a plus que quelques
minutes de vie; il souffre horriblement. Et, pendant que le
médecin prodigue ses soins au malheureux conscrit, l'Invincible, aidé de plusieurs personnes, fait tous ses efforts pour
rappeler son camarade Dur-à-cuire à la plénitude de son
esprit, et bientôt il a le bonheur de lui voir recouvrer l'usage
des sens. Ah ! quand le père et la mère Torlotin recevront

la funeste nouvelle de cette épouvantable catastrophe, ils succomberont à leur douleur.

A peine le médecin avait-il examiné la blessure de Jacques, que le juge d'instruction, accompagné de deux gendarmes, entra dans la chambre. Il se plaça à côté du lit et procéda à ce court interrogatoire :

— « Comment vous nommez-vous ?

Jacques, faisant un effort surhumain, répondit en sanglottant : « Jacques Torlotin.

— « De quel pays êtes-vous !

— « De Courtenay.

— « Quelle est votre profession ?

— « Celle de mon père, cultivateur.

— « Où alliez-vous ?

— « Au chef-lieu, pour y être incorporé dans un régiment, en ma qualité de jeune soldat.

— « Êtes-vous l'unique et le seul fils du père Torlotin ?

— « Non, monsieur, j'ai un frère sous les drapeaux ; il y a vingt-deux ans qu'il est parti, et nous n'en avons plus reçu de nouvelles : sans doute qu'il aura succombé sur le champ de bataille.

— « L'avez-vous connu ?

— « Pas le moins du monde, car mon frère Antoine me fit ses adieux au berceau, j'étais trop jeune pour me le rappeler. »

Un cri déchirant retentit dans la chambre.

— Ciel ! s'écria le vieux grenadier au comble du désespoir, je suis un fraticide ! mais un fratricide involontaire !... Et il se pencha sur le corps expirant de son frère, l'arrosa de ses larmes. Mon pauvre Jacques ! mon ami ! mon frère ! c'est Antoine, c'est ton frère qui te laissa au berceau, qui vient de te frapper... Ah ! s'il ne fallait que dix années de mon existence, un verre de mon sang le plus pur pour te rappeler à la vie, avec quel bonheur ne ferais-je pas un tel sacrifice !... Jacques ! Jacques ! parle-moi... dis à la justice que ton frère Antoine n'est point coupable, que ce fratricide n'a été commis que par une cause tout-à-fait indépendante de ma volonté!...

Jacques, ayant concentré le peu de forces qui lui restaient encore, porta un œil mourant sur le vieux soldat et dit :

— Mon frère! c'est bien toi, toi, Antoine Torlotin?

— Oui, moi-même, moi qui t'ai dit en quittant le toit paternel : adieu, mon petit Jacquot, grandis sous les yeux de ton père et de ta mère.

— Eh bien! non, Antoine, tu n'es pas coupable, je le dis à la justice avant de descendre dans la tombe. Tu rêvais à tes vieilles campagnes, et, dans ton malheureux état de somnambulisme, tu voyais l'armée ennemie qui marchait sur toi, alors tu as fait feu!... Ah! que les instants que je passe entre la vie et la mort sont douloureux!... Ne me parlez plus... laissez-moi en repos, je n'ai plus la force de vous répondre!...

Le médecin fit sortir tout le monde, à l'exception d'Antoine, qui resta au chevet de son frère. Jacques souffre un peu moins : cependant ses yeux commencent à se marbrer de noir, la mort est là qui le couvre de son voile éternel. Il n'a plus qu'un seul désir, celui de voir son père et sa mère avant d'exhaler son dernier soupir.

Le lendemain, vers dix heures du matin, un homme et une femme tout en larmes arrivèrent à l'auberge : c'étaient le père et la mère de Jacques.

— Notre enfant! où est-il? s'écrièrent-ils en entrant.

A ces cris de douleur, Antoine sortit pâle et défaillant de la chambre fatale et se trouva en face de son père et de sa mère. Il les pressa sur son cœur palpitant, ne pouvant proférer que ces mots : mon père!... ma mère!...

— Antoine! s'écrièrent simultanément le père et la mère Torlotin, ah! c'est toi!... Et leurs larmes se confondirent ensemble. Quelle scène douloureuse!

Le vieux soldat fit entrer son père et sa mère dans la chambre mortuaire. A la vue de son enfant à l'agonie, la pauvre mère tomba évanouie; Antoine la prit dans ses bras et fit tous ses efforts pour calmer sa douleur. Revenue à elle-même, elle s'approcha du lit de son malheureux fils, l'arrosa de ses larmes en lui prenant une de ses mains froides qu'elle porta à ses lèvres.

Le père Torlotin eut besoin de tout son courage et de toute cette résignation qui nous aide à supporter les coups de l'adversité, pour ne pas succomber à sa douleur.

Jacques n'avait plus que quelques gouttes de sang qui le tenaient à la vie.

— Ah ! dit-il d'une voix presque éteinte, c'est vous, mon père ? c'est vous, ma bonne mère ? ne vous chagrinez pas, j'emporte dans la tombe votre amour paternel. Voilà mon frère Antoine : c'est lui..... mais non..... Adieu !... il vous dira..... Il ne put achever sa phrase ; il expira après d'horribles souffrances. Le père et la mère Torlotin, en proie à la plus vive douleur, posèrent un dernier et religieux baiser sur le front glacé de leur enfant. Le vieux soldat se disait en lui-même : Mille noms d'une colonne ! le feu de cent batteries m'intimiderait moins que ce douloureux spectacle !

. Dès que le père et la mère Torlotin se furent un peu calmés, ils passèrent dans une autre chambre avec le vieux grenadier. .

— Eh bien! Antoine, dit le père Torlotin, en s'efforçant d'élever son ame au-dessus de sa douleur, tu nous reviens avec un membre de moins. Hélas ! il faut donc être père pour passer par de si cruelles épreuves !...

— Mon père, répondit le vieux soldat avec la fierté d'un chevalier, si j'ai laissé une jambe sur les bords de la Moscowa, l'Empereur m'en a récompensé en attachant lui-même sur ma poitrine cette étoile des braves.

— La croix !... tu l'as bien gagnée !...

— Oui, mon père, je l'ai gagnée cent fois.

Le corps de Jacques fut ramené à Courtenay, où il fut inhumé au milieu d'un concours de parents et d'amis.

Trois mois plus tard, une autre tombe s'ouvrait à côté de

4.

la sienne : c'était celle de sa pauvre mère, que le chagrin et la douleur venaient de tuer.

Devenu veuf, le père Torlotin quitta les bras de la charrue, fit vendre son mobilier et quelques pièces de terre ; le produit de cette vente volontaire, placé à intérêt, lui rapporta 1,200 francs de rentes.

Le vieux grenadier courut prendre sa place aux Invalides et emmena son père à Paris. Celui-ci loua une chambre garnie à proximité de l'Hôtel.

Quelques jours après leur arrivée à Paris, une funeste nouvelle se répandit soudainement dans toute la France comme un brouillard épais qui couvre incontinent toute une immense cité ; la consternation se peignait sur tous les visages. En effet, la déroute de Waterloo produisit dans tous les cœurs une de ces émotions terribles qu'on ne ressent qu'à la suite de grandes calamités.

L'Invincible, le cœur navré de douleur, s'écriait : Ah ! si le grand homme n'eût pas été trahi, il aurait, comme toujours, triomphé de ses ennemis ! Eh bien ! puisque tout est perdu pour l'Empereur, courons rejoindre Dur-à-cuire ; nous avons, comme lui, notre place parmi les vieux débris de nos champs de bataille.

L'Invincible vendit son fonds et vola auprès de son camarade. Il le trouva triste, abattu, car la défaite de Waterloo avait aussi été pour lui un coup de foudre.

Déjà quinze années se sont écoulées depuis que les deux soldats sont aux invalides. Le père Torlotin est devenu vieux ; il marche courbé sous le poids de ses 75 ans. Cependant il ne passe pas un jour sans aller voir Antoine.

Mais le 27 juillet, alors que la garde royale mitraillait le peuple dans les rues, le père Torlotin ne vint point à l'Hôtel. Dur-à-cuire s'en inquiéta. Courons chez mon père, dit-il à l'Invincible, j'ai peur qu'il lui soit arrivé quelque malheur.

Et les deux vétérans se rendirent au domicile du vieillard. Il n'y était pas !...

— Malheureux père ! s'écria Dur-à-cuire, il aura commis

l'imprudence d'aller dans les rues. Courons sur ses traces !

— Courons, dit l'Invincible, courons !

— Mille noms d'une carabine ! reprit Dur-à-cuire, le canon ronfle de tous côtes ; n'importe, ce n'est pas d'aujourd'hui que nous savons braver la bombe et la mitraille ; courons !..

Ils arrivèrent bientôt sur la place de la Concorde. Là, des cadavres gisant dans la poussière s'offrirent à leurs yeux ; mais le père Torlotin n'était point au nombre de ces victimes palpitantes.

— Allons plus loin, dit Dur-à-cuire.

Ils entrèrent dans la rue de Rivoli, et bientôt ils furent en face de deux cadavres. L'un d'eux se débattait comme s'il eût voulu lutter contre la mort.

— Que vois-je, s'écria Dur-à-cuire en reconnaissant son père frappé d'une balle au front ? Mon père !... mort !... Malheureux ! qu'aviez vous à faire ici ! que ne restiez-vous dans votre chambre !...

Mais, tiens, l'Invincible, vois-tu cet homme qui se roule dans son sang ? Peut-être que sa blessure n'est pas mortelle, assurons-nous-en... Quoi ! mes yeux me tromperaient-ils ? Non, non, je ne me trompe pas : c'est mon royaliste de Montargis ! Sa blessure n'est pas profonde, nous pouvons le sauver ! Que nous importe, après tout, son aversion pour Napoléon ; c'est un français comme nous, et notre devoir est de lui prodiguer des soins.

Dur-à-cuire, pourvu de compresses et de charpie, se mit à étancher le sang qui coulait de la blessure que le royaliste avait reçue à la nuque. Le sang, une fois arrêté, le vieux grenadier fit enlever le corps de son père et transporter le royaliste blessé au domicile du vieillard. Il le mit dans le lit de l'infortuné père Torlotin, qui ne devait plus s'y recoucher : il était sans connaissance.

Les deux invalides passèrent la nuit au chevet de leur malade. Le lendemain, alors que le canon révolutionnaire tonnait bel et bien, le blessé se sentit un peu mieux, mais trop faible encore pour reconnaître ses deux sauveurs qui lui prodiguaient leurs généreux soins. Cependant ils lui firent prendre un léger bouillon, après quoi il s'endormit d'un sommeil léthargique.

Pendant que son malade reposait tranquillement dans son lit, Dur-à-cuire fit inhumer les restes mortels de son père, puis, ayant arboré sur sa tombe un petit drapeau tricolore, il revint avec l'Invincible au chevet du royaliste. Ils le retrouvèrent encore plongé dans le sommeil.

Laissons-le, dit Dur-à-cuire, c'est dans le repos qu'il retrouvera ses forces et sa raison... Tiens, l'Invincible, voici un drapeau tricolore, je vais l'arborer au pied de son lit.

— Ne fais pas cela; son drapeau à lui, c'est le drapeau blanc.

— Laisse-moi faire; le drapeau blanc est foulé aux pieds; la mitraille du peuple parisien l'a déchiré.

Dur-à-cuire plaça son drapeau au pied du lit. Au même instant, le malade fit un léger mouvement, ses forces revenaient progressivement, et, vers les cinq heures du soir, il recouvrit entièrement l'usage de la raison.

Le premier objet qui s'offrit à ses yeux fut le drapeau tricolore.

— Que vois-je, dit-il?... où suis-je? Ce drapeau!... cette chambre!... Mais, est-ce donc un rêve?... oui, je rêve!... Sire, êtes-vous encore sur le trône de France?

— Non, lui dit Dure-à-cuire en lui prenant la main, ce vieux trône vient de s'écrouler aux yeux du peuple, et ton roi est en route pour l'exil.

— Qu'entends-je, s'écria le royaliste en levant la tête par un mouvement convulsif? Cet homme!... mais quoi!... serais-je dans l'erreur?... non, non, c'est bien lui....

— Eh bien! achève, parle: voyons, me connais-tu?

— Oui, oui, reprit le royaliste, je te connais; tu es ce vieux grenadier qui m'a provoqué en duel à Montargis, à propos du mot *usurpateur*.

— Tu ne te trompes pas, c'est moi-même, en chair et en os, et celui-là est l'aubergiste. Ah! cela t'étonne? mille noms d'un boulet ! Quand tu sauras que le vieux grenadier a couru à travers les balles et la mitraille pour te sauver la vie, tu t'étonneras bien davantage.

— La vie ! toi, tu m'as sauvé la vie !... mais comment ?.. dans quelle circonstance ? Parle, parle ; si tu es généreux, je le serai aussi, moi !..

— Eh bien ! écoute. Hier, le peuple a reconquis les trois couleurs nationales, cet emblême de la liberté que tu vois là au pied de ton lit. Mille noms d'un petit bonhomme ! ça chauffait dur. Et tu combattais aussi, toi...

— Je combattais , interrompit le royaliste !... Oui, il est vrai, mais dans les rangs de la garde royale, pour défendre le trône légitime de mon roi ! Oui , je combattais pour la bonne cause ; un vieillard est tombé à mes côtés , et je suis tombé à mon tour non loin de lui.

— Eh bien ! en cherchant ce vieillard, qui était mon père et qui vient de descendre dans la tombe, nous t'avons trouvé, l'Invincible et moi, baigné dans ton sang. Nous t'avons recueilli avec empressement et nous avons pansé ta blessure comme nous nous pansions nous-mêmes sur nos vieux champs de bataille , et maintenant, mille carabines ! nous sommes fiers de pouvoir te dire : royaliste, tu nous dois la vie !...

— Grenadier, dit le royaliste d'un ton plein de reconnaissance, ta générosité est d'autant plus grande que tu as sauvé un homme qui n'est point de ton opinion.

— Souviens-toi qu'un grenadier de la vieille garde est généreux !... Mais n'en parlons plus, ne songeons maintenant qu'à ta guérison. Veux-tu un verre de vin sucré?

— Donne, ça ne me fera pas de mal.

Le vieux soldat s'empressa de préparer un verre de vin sucré et le fit boire à son malade.

— Tiens , lui dit-il , avale-moi ça..... A la bonne heure ! voilà comment on met la cartouche dans le canon..... Te trouves-tu mieux ?

— Beaucoup mieux : mes membres reprennent toute
leur vigueur.

— Tant mieux, fit le grenadier en frisant sa moustache.
Maintenant un petit morceau de pain, ça te va-t-il ?

— Donne, j'ai appétit.

Le grenadier lui donna du pain avec un morceau de
viande rôti.

— Bois et mange, lui dit-il, rien ne te manquera ici, tout
est à ton service.

— Eh bien ! dit le royaliste, en prenant un air de dignité,
tu es un brave et ton camarade aussi. Veux-tu savoir maintenant quel est l'homme qui te doit la vie ?

— Parbleu! c'est mon adversaire de Montargis.

— Précisément ; mais à Montargis j'avais des raisons lé-
gitimes pour te taire mon nom, aujourd'hui j'en ai pour te
le révéler. Eh bien ! cet homme auquel tu as prodigué des
soins si généreux; cet homme que tu as trouvé gisant dans
la poussière, est le marquis de Germigny, le premier con-
seiller du roi Charles X !... Mon hôtel est rue de Grenelle...

Les deux vétérans s'inclinèrent respectueusement devant
le noble blessé.

— Pardonnez, monsieur le marquis, au langage d'un
vieux soldat, dit le grenadier.

— Je n'ai point à excuser votre langage pittoresque, c'est
le langage de la franchise ; mais j'ai autre chose à faire,
répondit le marquis... Je vous dois le jour que je respire ;
ma dette est grande, c'est une de ces dettes sacrées dont
nous devons nous acquitter noblement. Eh bien ! mes braves
amis, acceptez ce portefeuille, vous y trouverez cent mille
francs en billets de banque.

— Plaisantez-vous, monsieur le marquis, s'écria Dur-à-
cuire, en repoussant la main de l'illustre blessé ! Connaissez
donc mieux le cœur du vieux soldat, et sachez qu'en vous
prodiguant nos soins, nous n'avons fait que remplir un devoir
envers l'humanité, comme vous l'eussiez fait vous-même en
pareille circonstance.

Le marquis insista avec tant de bienveillance, que les deux invalides se virent pour ainsi dire contraints d'accepter cette belle récompense.

Cent mille francs!... et avec cela les douze cents francs de rentes que le père Torlotin laisse à Dur-à-cuire. Ah! c'est plus qu'il n'en faut pour faire de nos deux vétérans deux heureux mortels.

Huit jours après cet acte de générosité, le marquis de Germigny, parfaitement guéri de sa blessure, serra cordialement la main de ses bienfaiteurs et quitta la modeste demeure du père Torlotin pour rentrer dans son magnifique hôtel.

Et maintenant, comment nos deux invalides vont-ils placer cet argent? Ne vous en inquiétez pas, lecteur : c'est l'Invincible qui va conduire la barque. L'Invincible venait de lire sur une affiche fraîchement placardée : *Maison bourgeoise et belle propriété à vendre, sise à Rueil, près Paris.* Aller prendre connaissance de cette propriété; en faire l'acquisition, fut pour le vieux soldat l'affaire de deux jours.

Ainsi nos vétérans, devenus propriétaires, se retirèrent dans leur maison bourgeoise. Deux jeunes domestiques, vives, intelligentes, furent placées près d'eux pour les servir. Marguerite servait Dur-à-cuire et Augustine servait l'Invincible. Ces deux jeunes femmes étaient les deux sœurs; elles se ressemblaient parfaitement : de beaux yeux bleus illuminaient leurs frais visages aux joues rosées, et ce sourire si doux, si agréable, qu'on voyait souvent effleurer leurs lèvres, les rendait séduisantes et cent fois plus belles que les anges de Raphaël.

Marguerite et Augustine aimaient leurs maîtres; elles couraient au-devant de tout ce qui pouvait leur faire plaisir. Il est si facile à une jolie femme de plaire à un vieux soldat! Dur-à-cuire et l'Invincible étaient pour leurs jeunes gouvernantes doux, affectueux; ils ne les appelaient que par ces noms si tendres, si pleins d'amour : *mon ange, mon petit bijou!*... Oh! avec nos deux vétérans, Marguerite et sa sœur Augustine n'étaient plus des domestiques à gage, mais des petites maîtresses, deux enfants gâtées ! Oui, des enfants, car ils étaient pour elles deux pères dans le cœur desquels coulait une source vive d'amitié.

Et pourquoi nos deux invalides ne se seraient-ils pas attachés de cœur à ces jolies créatures qui avaient un soin tout particulier de leurs vieux jours ! Pourquoi se seraient-ils défendus d'un sentiment d'amour pour ces deux anges adorables ! Est-ce que le cœur de l'homme vieillit ? Non, non, le cœur ne vieillit pas : il aime à tout âge, il a ses affections jusqu'au dernier moment !

Dur-à-cuire et l'Invincible ne se sont jamais vus si heureux ; ils se croient dans un monde nouveau ; ils ont de beaux appartements bien cirés, bien meublés. Chaque jour après leur dîner, ils prennent leur demi-tasse , fument leur pipe en faisant un tour dans les allées de leur vaste jardin. Ils ont pour toute bibliothèque l'*Histoire de Napoléon*.

Que de larmes la lecture de cette histoire ne leur a-t-elle pas fait verser !

— Mille noms d'une giberne ! s'écrie Dur-à-cuire, quand il lit un passage qui le touche, nous étions là ! t'en rappelles-tu l'Invincible ?... Cinq cents bouches à feu vomissaient la mort de part et d'autre. Soldats ! s'écriait le grand homme, vous les avez vaincus ! Ah ! quand j'y pense..... Rentrons, l'Invincible, nous demanderons un petit verre de Cognac à Marguerite.

Et les deux vétérans , vivement impressionnés , venaient se remettre de leurs émotions en prenant un petit verre et en couvrant de baisers les mains blanches qui les leur présentaient. Plus d'un riche seigneur eût envié un pareil sort !

Déjà dix années s'étaient écoulées dans ce séjour de délices, lorsque le peuple français, ivre de joie et de bonheur, saluait , sur le bord de la Seine , les cendres de son empereur qu'on lui ramenait de Sainte-Hélène. Dur-à-cuire et l'Invincible, radieux, rayonnants d'enthousiasme , accoururent à Paris pour jouir de ce magnifique spectacle.

Revoir leur empereur après tant d'années d'exil, ce héros

qui les avait décorés en les appelant ses vieux grognards,
ah! c'était pour eux une de ces fêtes solennelles difficiles à
décrire !

— Mille mitrailles ! disait Dur á-cuire à l'Invincible, qu'on
ouvre donc ce cercueil , et qu'avec un éventail on en chasse
l'air tyranique de Sainte-Hélène, pour le remplacer par cet
air pur et sain de notre belle France.

> Bon, bon, Napoléon,
> Est de retour en France !

Cré coquin !... regarde donc cette foule, c'est à qui pourra
l'approcher... Tiens, l'Invincible, vrai comme il n'y a qu'un
Dieu , je donnerais mon autre jambe pour le voir sortir de
son cercueil, vivant et fier comme le lendemain de la bataille d'Austerlitz! Ah ! comme j'irais me présenter devant
lui ! comme j'irais poser mes lèvres brûlantes sur cette main
impériale qui nous a décorés de l'étoile des braves !... Sire,
lui dirais je, vous voyez devant vous Dur-à-cuire et son ami
l'Invincible ; ils sont heureux de vous revoir !... Mais, dis-
moi, l'Invincible, est-ce que ton cœur ne bat pas?

— Laisse-moi, Dure-à-cuire, laisse-moi, je n'y tiens plus !
Il me semble encore l'entendre quand il nous disait : « Soldats , ils étaient dix contre un, et vous avez été leurs vainqueurs !

— Mille noms d'une baïonnette ! reprit Dur-à-cuire,
comme moi tu es sensible, tu tressailles de joie et de bonheur. La vue de ce char nous électrise; mais pourquoi donc
ne pas nous le ramener vivant comme à la Bérésina ?.. Ah !
l'Invincible, la joie me noie le cœur: je ne puis contenir
mon émotion, les forces me manquent.

— Mon pauvre Dur-à-cuire, comme toi, la joie m'étouffe !
Tiens, si tu veux me faire plaisir, nous allons prendre un
cabriolet et nous rentrerons au logis; nous reviendrons
demain , alors cette foule si compacte se sera dispersée, et
nous irons aux Invalides nous prosterner devant le cercueil
avec nos vieux frères d'armes.

5

— Oúi, l'Invincible, partons : Marguerite et Augustine
nous attendent. Anges candides et purs, vous ne connaissez
pas, comme vos vieux soldats, toute la joie qu'on éprouve à
revoir son empereur !

Les deux vétérans se jetèrent dans un cabriolet et par-
tirent au galop pour leur propriété. En arrivant, ils pres-
sèrent tour à tour leurs bonnes gouvernantes sur leur cœur
palpitant d'émotions, et les mouillèrent de leurs larmes.
Marguerite et Augustine s'empressèrent de les égayer par
leurs tendres caresses, comme deux enfants qui s'empres-
seraient autour de leur père qui reviendrait d'un long voyage.

Hélas ! il est donc vrai ! ces cerveaux volcaniques toujours
fous d'enthousiasme, éprouvent quelquefois, à la suite d'une
joie par trop expansive, une de ces secousses fébriles qui
déterminent la mort !... Ah ! c'est que l'ame, prompte à se
détacher du corps, est comme les météores, toujours prête
à s'envoler !...

Nos deux grenadiers de la vieille garde se mirent au lit
pour ne plus se relever : la joie les avait tués !... Ils étaient
déjà vieux. Marguerite et sa sœur ne quittaient pas le chevet
de leurs maîtres ; elles veillaient attentivement à leurs be-
soins ; mais tous les soins de ces deux bonnes filles deve-
naient inutiles, car nos deux vétérans touchaient au terme
fatal de leur carrière !

Dès qu'ils sentirent leurs derniers moments s'approcher,
les deux invalides firent venir un notaire auprès d'eux.
Marguerite plaça une petite table entre les deux lits, car ces
vieux camarades avaient voulu coucher dans la même
chambre.

Le notaire arrivé, Dur-à-cuire lui dit : Ecrivez, notaire :

— L'Invincible et son camarade Dur-à-cuire.....

— Pardon, monsieur, interrompit le notaire, je ne puis
rien écrire de valable sur de pareils sobriquets ; veuillez
avoir la bonté de me dire vos vrais noms de famille, et je
serai à vos ordres.

— Excusez, monsieur, reprit Dur-à-cuire, ce sont des

noms glorieux que nous nous donnions quand nous avions le bonheur d'entendre chanter le coucou. Mille noms d'une redoute ! vous n'avez pas connu ce temps-là, vous !... N'importe, écrivez :

Antoine Torlotin et Frédéric Godemard, ex-grenadiers de la garde impériale, chevaliers de la légion-d'honneur, lèguent par testament toute leur fortune à leurs deux gouvernantes, Marguerite et Augustine, toutes deux filles de feu François Morand, etc.

Le notaire écrivit le testament sous les yeux des deux belles héritières, et se chargea de l'exécution testamentaire.

Le lendemain, Dur-à-cuire et l'Invincible commandèrent qu'on plaçât le buste de l'Empereur sur la même table qui avait servi au notaire. Cet ordre fut exécuté par Marguerite et sa sœur.

— Eh bien ! dit l'Invincible, le vois-tu, ce premier soldat du monde ?...

Dur-à-cuire ne répondit pas !... il n'était plus !... Il venait de s'éteindre en donnant un dernier coup-d'œil à son empereur. L'Invincible ne lui survécut que deux heures. Il exhala son dernier soupir en prononçant ces mots : *Empereur !... Napoléon !...*

Marguerite et Augustine versèrent d'abondantes larmes.

Un an plus tard, elles épousèrent chacune un officier. Elles sont heureuses avec leurs maris ; elles leur parlent souvent des deux vieux soldats qui leur ont laissé toute leur fortune.

FIN.